浙江少年文学新星丛书·第九辑

海飞 主编

日荒城

〈 启 〉 萏

张 著

浙江工商大学出版社
ZHEJIANG GONGSHANG UNIVERSITY PRESS

·杭州·

图书在版编目(CIP)数据

日荒城 / 张启莘著. —杭州:浙江工商大学出版社,2024.4

(浙江少年文学新星丛书 / 海飞主编. 第九辑)

ISBN 978-7-5178-5982-6

Ⅰ. ①日… Ⅱ. ①张… Ⅲ. ①中国文学—当代文学—作品综合集 Ⅳ. ①I217.2

中国国家版本馆 CIP 数据核字(2024)第061923号

日荒城

RI HUANG CHENG

张启莘 著

责任编辑	沈明珠	
责任校对	李远东	
封面设计	潘 洋	
责任印制	包建辉	
出版发行	浙江工商大学出版社	
	(杭州市教工路198号 邮政编码310012)	
	(E-mail:zjgsupress@163.com)	
	(网址:http://www.zjgsupress.com)	
	电话:0571-88904980,88831806(传真)	
排 版	杭州朝曦图文设计有限公司	
印 刷	杭州高腾印务有限公司	
开 本	880mm×1230mm 1/32	
印 张	9.125	
字 数	153千	
版印次	2024年4月第1版 2024年4月第1次印刷	
书 号	ISBN 978-7-5178-5982-6	
定 价	49.80元	

作者简介

　　张启莘,浙江省青少年作家协会会员,杭州亚组委亚运小记者,"新禾计划"学员。

　　习作发表刊物及网站一览:

　　《创新作文》《创意小作家》《读书与作文》《读与写》《光芒》《光明少年》《乖狐狸》《红蜻蜓》《花火》《家教周报》《江苏工人报》《课堂内外》《课外生活》《快乐青春》《快乐日记》《快乐少年报》《快乐书画与手工》《快乐作文与阅读》《漫话国学》《萌女生》《莫愁·小作家》《男生女生》《青年文学家》《趣味作文与阅读》《山海经》《少年博览》《少年文学之星》《少年文艺》《少年写作》《少年月刊》《少年作家》《时代学习报》《喜欢写作文》《小百花》《小读者》《小猕猴》《小星星》《小学生时代》《小学生学习报》《小学生优秀作文》《小学生作文》《新民晚报》《意写》《语文报》《语文导报》《中国当代小作家》《中国青年作

家报》《中国少年儿童》《中学生博览》《作文》《作文周刊》，以及"中国作家网"。

习作所获奖项一览：

2023年：第二十届"西湖杯"全国青少年文学征文大赛小作家奖，首届光芒少年文学奖，第十五届"希望杯"小学生征文活动一等奖，"君竹向阳喜迎亚运"学生美术作品创作比赛一等奖，"小百花儿童文学奖"佳作奖，"诗与路"第一届浙江省中小学生作文大赛三等奖，浙江省期刊总社《少年作家》主题写作比赛二等奖，第十七届浙江省少年文学之星征文比赛三等奖。

2022年：第十二届丁玲青少年文学奖优秀作品，第十七届全国青少年冰心文学系列活动省赛二等奖，第十六届"七彩语文杯"小学生作文大赛一等奖，第十二届"创新杯"中小学生作文、书画、摄影大赛一等奖。

2021年：第三届语文报社中小学生"同步作文"征文活动金奖。

2020年：第二届语文报社中小学生"同步作文"征文活动银奖，第三届杭州市中小学生"我的春节"主题征文大赛三等奖，第十五届樱花文会征文比赛二等奖。

2019年：第十三届浙江省少年文学之星征文比赛三等奖。

▲ 在上海迪士尼乐园

▲ 在香港公园

▲ 在泰国清迈塔佩门广场

▼在澳门大三巴牌坊

▼在乔家大院

▲在西藏拉萨

▲在杭州中国网络作家村

在圆明园遗址▶

在晋商博物馆▶

在八达岭长城▶

▼在太原古城

▼在西藏羊湖

▲在西藏鲁朗花海牧场

一念山河成
一朝百草生

▲百草生

▲凤头钗

▼鲛人

▼小王子

▲ 盛夏

▲ 红梅点点春欲燃

▼ 星愿

▼ 白桦争辉

内容简介

　　《日荒城》一书是小作者近年发表在报刊上的作文、获奖作品、虚构作品及日常练笔的合集，为广大热爱阅读与写作的同龄人呈现出少年儿童文本的澄澈与率真，同时为乐于培养孩子读写兴趣的家长提供了可参照的有效范本。

大作家说小作家

一个孩子拥有出色的想象力是可喜的,一个孩子拥有出色的观察能力更是可喜的。我们的张启莘同学是拥有两个能力的小作家,因为她专注的目光,因为她没有杂质的热爱,世界全都涌现在她的《日荒城》中了。祝贺我们的张启莘同学!(庞余亮,鲁迅文学奖得主)

在启莘的轻盈如风的文字里,可以感受到作者心中自有一个澄明清澈的世界,充盈着生活的诗意。(黄亚洲,著名诗人、作家、编剧)

小作文,大抱负!(程士庆,浙江文学院院长)

老师寄语

　　绽放思维火花、畅游文学海洋、厚积幸福人生！愿启莘在文学创作之路上不断登上新的高峰！（金晓东，杭州江南实验学校校长）

亲爱的启莘：

　　从起初你用稚嫩的笔触描绘那些最真实的画面，到你文字中流淌出那些最独特的想法，日子匆忙过，在岁月中留下点点滴滴，你通过文字所记录的，都是属于自己最宝贵的财富。转眼你有了属于自己的书，老师真为你感到高兴！

　　你是一个敏锐而细腻的小作家，在你的作品中我最欣赏的就是"真"。"真"在于观察生活上敏捷善感，在于文本书写上自然清丽，在于单纯而不单薄，细致而不细弱，浮想而不浮浅。我喜欢孩子能够真实表达自己的想法，这才是童年该有的样子,真好!

　　往后的日子里,希望你保持对文字的热爱和初心,在属于自己的一方天地间驰骋、遨游!(朱娇娜,杭州市滨江区优秀班主任)

　　启莘,你的文字仿若从泥土里生长出来,自然、真实,跃动着浓浓的生活气息。你的作品没有刻意的煽情,却总能打动人心。你拥有敏锐的洞察力,表现出超越年龄的思考,而笔端又闪烁着孩童独有的灵动与热情,二者兼得,尤为可贵。希望启莘可以一直如你笔下的萤火虫那般,在广袤的森林中自由地起舞、发光,那林间舞动的光影,定会被越来越多的人发现、珍藏。(徐含薇,杭州江南实验学校初中语文教师)

序

　　这是启莘的第一本书，完稿于她小学毕业那年的暑假。

　　我想把这本小书献给所有同意"陪伴孩子是父母最值得、最幸福的时刻"这一说法的家长和小朋友，希望我们共同相信成绩是时间、阳光、雨露累积的结果。凡事多试一次，每个普通人都能在各自生命的花园里开出愉人悦己的小花。

　　我从未有过写序言的经验。我曾经幻想过邀请我喜欢的名家给我女儿的小书写序，那该多好啊，可每次碰见总不敢鼓起勇气。我也诚恳地跟我敬重的编辑老师请教过，她们给我的建议都是：你才最为合适。

　　我只是一个"素人"家长，过去也不曾以文字工作为生，担当这样的重任未免生怯，事情于是一直这么搁置着。直到明白过来，我的笨拙或名家的加持均不会改变书中文本本身的气质，我这才放下心来。

　　是的，没有人比我更了解我的女儿，没有人比我陪她读写的时间更长了。她是趴在我的肚皮上，或跷着腿枕在我探出的臂弯里，一夜夜听着我讲的故事长大的；她的课外读本多是我选的，譬如《小王子》和《夏洛的网》；她的每一篇涂鸦和每一本作文本，我都没舍得丢掉，好好地保存在我的保险柜里。

孩子的字，静下心来细细读，都是好的。

请不要担心孩子的作文不好，不要担心孩子的字被笑。孩子的每一个字，都是金、都是宝。这是我多年来真诚向每一位家长和每一位小朋友分享的信念。父母打从心里所萌发出的清澈赤诚的爱和鼓励，就是孩子热爱表达与快乐成长最大的源泉。

担心被笑话，有这样的担忧不可怕，说明我们对孩子文字的质感有要求，我们对美有追求，这是好事。我起初也有过这样的担心。我把孩子的文章投给编辑，看看她们怎么想。这时奇迹发生了——我认为写得很怕人笑的那些文章，一篇又一篇被发表了。如果您也愿意带着孩子做同样的尝试，我也为您准备好了许多儿童文学杂志的样刊样文，愿意分享给您。

这本小书绝没有多高的文本水准，可贵之处在于：忠实记录着小作者从写不出来、写到哭，到自在，到出彩的全过程，也切实阐述了数十本少儿文学刊物的用稿风格，对一线的教学老师、对倾心陪伴孩子的父母、对孩子本身的读写，能够提供一定的帮助。

为人父母的日子里，我已明白用文字记录生活是无比奢侈的一件事。要表达、发现，感受、延伸，想象，推演，精确叙述、完整呈现，凝结澄澈的时光、抚慰无助的张望。懂得这些之后，我再捧起任何一卷书，在跟书本一页一页交往的时候，都心生敬畏。每本书的背后都蕴含编著者的艰辛。这一年来，对这本小书的雕琢和打磨，无论多么充分我都觉得不够，有许多遗憾和不足。譬如虚构作品部分，小作者前后改了有十几个版本，她怎么写都不满意。单单《日荒城》的第一章，改了两三年。我劝她放弃追求第一章的完美，写下去，先完成。她终于写完了《日荒城》，也就是书中呈现的样子。我现在最担心的，是随着中学课业的加重，她心中已构建好的第两百章有没有机会得以呈现。

欣慰的是，小作者心中的美、好、真，我相信读者能感受到。结构与篇章的不摇动、不支离，根基之牢固是令我感到自信与放心的。这得益于朱娇娜老师扎实的教育。女儿离开小学校园后，常常想念她的朱老师，她的朱老师也一如既往在默默关心着她的成长。这样的深情，真美好。

穿越层层选拔是艰辛的，要跟全省小朋友的作品去比拼，最后脱颖而出，这是不容易的事，也是了不起的记忆。

我感激我的女儿，爱我的孩子。

人的一生该做这样的事：种一棵树，让它向着美自然生长。写作是这样的事，是每个人一生的大功课。有朋友跟我说，哈佛有一千八百多门课，写作是唯一的必修课；亚马逊的老板贝索斯要求全员学写作会写作，要求写作成为亚马逊公司管理与运营的核心战略与竞争优势；拥有许多财富的罗斯柴尔德家族历经数代长久不衰，家族的第一要求就是一代一代人都多读多写；我的偶像巴菲特和查理·芒格，更是把读写视为比吃饭和睡觉还重要的日常。

　　读书是借，写作是还。读书是从别人的知识中获得智慧，写作是把自己有独立性、创造性的内容分享给他人，是更有价值的事。努力完成《日荒城》这本小书，如您所知，有着这样的考虑。

张晓飞　胡玉霞

前　言

　　女儿出生的那一年，我发愿写一本书，用以记录她成长的点滴，所以我注册了一个微博账号和公众号练手。雍正有本集子叫《悦心集》，作为参照，我给自己的账号取名叫"悦心卷"。

　　育儿的日子温暖而平常，充溢着爱与美，我开始感受到甜蜜的滋味。

　　我如今依然记得一件事——为了避免亮光刺激女儿的眼睛，我常常摸黑去冲奶粉。我用勺子从奶粉罐里舀出奶粉，灌进奶瓶，冲水，有时是先冲水，再投奶粉。我眯着睡眼，180毫升，分毫不差。夜静悄悄的，我也静悄悄的，没有人知道我练就了一项魔法般的本领，但一种自豪感滋生在我的心底。

　　卖油翁的功夫不过如此，唯熟练而已——那时我轻易就能感到骄傲，忽略了甜蜜的背后是无数艰辛的堆积，忽略了母亲和爱人细密的付出，日复一日，仿若理所当然、天经地义。

　　我是股份公司最年轻的分公司总经理，拥有9.6万股原始股。因为工作岗位的变化，公司总部将我调离了我一手创办的杭州分公司,让我赴上海履职,唯有周末可以与女儿相聚。一个夜里,凌晨两点,女儿发烧。我有所感应,夜半醒来,翻看手机,刚好看到爱人发过来一张照片。手机屏幕上,她独自抱着女儿在医院打点滴,女儿因为太小,手臂和腿脚上的静脉尚不能清晰找到,头上插着吊瓶的管子,包裹着纱布。凌晨四点,输液完毕,她独自带着女儿回家去。

第二天清晨,我给老板写了两千多字的辞职申请:感谢老板的信任和栽培,我要回杭州去。虽然我在杭州也不能避免女儿发烧,但是我可以在女儿发烧时陪在她们母女的身边。这样的理由不容抗拒,我的辞职申请很快得到了批准。

我在滨江入职了一家新的单位,也是上市公司。我在副总裁独立办公室对面的茶水间坐下来,拭去闲置的旧桌子上积满的尘埃,从最基层开始新的工作。

我陪在女儿的身边,知道她哪天开始会叫“妈妈”,很清楚她什么时候长了第一颗牙,什么时候不小心伤到了胳膊……入职新公司后不久,老东家的股价为三十五元每股,但我不曾后悔。

女儿要上幼儿园了,报名表上要填父母职业信息,我空着,只填了单位。我想,我心里大概有一点不再身为总经理而是一个基层员工的失落,但我更清楚,我是渴望在女儿的报名表上父母职业这一栏填上“作家”这两个字。不过如您所知,事实上我什么都没有写过,任何作品都没有,除了自己悄悄记录女儿每一天的成长。显然,写一本书的愿望,在那一刻更强烈了。

记录女儿的成长,我当然是用情的,而且近似一种本能写作。我记得有一天晚上,我写了整整一夜,抬头时,才发现天色已亮,我被自己感动哭了。真的,哭了很久。然后起身,去冰箱里连取了三罐冰酸奶,一口气喝完,才止住抽泣。洗干净脸,转身出门,上班去。

那时常常是我送她去幼儿园,她妈妈上班的地方远,出发早。在去幼儿园的路上,我问她:冬天,我抱着你,你把手放进我的脖子里,感到暖暖的,你以后会记得这一幕吗?她说,你把它写在一张纸条上啊,我就永远也不会忘记。

她妈妈出发早,回来迟。有时太晚了,来回太辛苦,我就要求她妈妈不要回来,住在单位那里。于是我有了大把独自带女儿的机会,笨拙地给她做饭、穿衣,哄她睡,一夜一夜地讲故事。给她讲故事,是她妈妈不回来时我答应女儿的条件。那一年,我把我一生所知道的几乎所有故事都讲尽了。她就这样在上学前爱上了故事,渴望识字,渴望阅读。

女儿识字很早,对阅读充满热情。为了给她挑选书单,以及积累故事,我也不得不跟随着她大量阅读。《小王子》《夏洛的网》《老人与海》《爱丽丝漫游奇境记》《鲁滨孙漂流记》……我完全可以确认，我真正的主动阅读是从陪着女儿阅读才切实开始的。我要上班，又要带孩子，又要给她找书，我再没有时间书写，我的写作就这样耽搁下来。

我觉得我与拥有一本书的距离，的确是越来越远了。到女儿上小学，又一次填父母职业信息表，那一栏我不得不再次留了空白。我的心中始终是坚定的——总经理、董事长、销售冠军、基金经理、有钱人、有权势的人……我统统不稀罕，尽管我背负沉重的房贷，我还是最希望我能有一本书，成为一个作家。

再给我六年吧。女儿小学毕业要上初中时，我可不能再这样了。我暗自在心中给自己鼓劲。其实我忽略了，在陪伴女儿读写的时光里，我已经在接近我的书了，我似乎有点知道故事是怎么来的了，有点知道文本大概需要怎么表达了，只是我还没有意识到无声的自我成长。最起码，我能一眼识别出来什么是好的文本了，我非常肯定。

你的梦想，终有一天会翻山越岭来找你。

一个星期天的下午，我随意翻着女儿的作文本，发现她写了一篇关于小鸟的文章——太唯美了。我拿着本子，心里非常惊喜。我按捺住内心的欢欣，装作若无其事地问她：这是你从哪里摘抄的。她答，这是我自己写的。我再问她，你为什么写这样的作文。她说，如何如何。

　　我关上她的房门，静静地走出来，回到我的卧室，我从地面弹跳起来，再仰面倒在床上，望着天花板，那一刻，我看到一束光照进我的心里。我知道，我的女儿可能写出来好东西了，哪怕现在只有一篇。

　　好不好，我还不能确定。我要把这些字发给编辑，让她们看看。我翻找邮箱，把这篇投出去，很快发表了。我于是再找一篇，再找邮箱，再投，再发表。我就这样试了几十篇，都发表了。出书容易，发表难，这是每个写作者都知道的事。出书相对自在，写多少字，写什么题材，相对可以由着作者来。发表可是各有各的要求，字数、版面、主题、语言、结构、立意……哪一样不过关都不可能发表。我放下心了。

　　受到女儿的鼓励，我也开始写作吧。不久后她就要小学毕业了，我真的不愿在她小学毕业升中学填家长信息表时，又一次空着一直想填上"作家"的那一栏。这时我已经单方面暗自把跟女儿谁先能被编辑选中出本书当成一个竞赛了。我一有空就写，写不动的时候就读，读茅盾文学奖作品、读鲁迅文学奖作品，读完了写读后感、写书评，写完随手验证，投给编辑看是否过关，竟也陆陆续续开始发表了。有散文、评论、小说，一年攒了有近二十万字。我心想，我再攒两年，攒到六十万字，从中挑十万字，我也能出本书，成为作家了。

　　带着这样的美好期盼，我们迎来了春节。过完春节不久,女儿的书稿先被拿去了,又半年,到了暑假,通知过审了,又近半年后,通知快印了。

如今,我依然没有一本自己的书。我心中波澜壮阔又悄无声息的一场小竞赛,也有了结局,如您所见,我被我的骨肉超越了。

我也会像女儿一样继续努力。

生活需要一个目标和主题,日子从此便有了不一样的收获与意义。

张晓飞

目　录

发表及获奖作品

飞舞吧面塑

在我的家乡山西,没有什么盛大的节日能少得了面塑,面塑是山西人骨子里的鞭炮和锣鼓。

从春节、清明到五一、六一再到国庆、中秋,从婚丧嫁娶、金榜题名到生日祝寿、乔迁升职……只要你认真留心,处处可见面塑。有花馍,有花糕,也常见堆得高高的枣山。枣山上的盘龙,被点上眼睛,栩栩如生,仿佛随时会扶摇直上。孩童过满月过生日又是另一幅热闹的场面,家人为其蒸几个漂亮的面塑,让其像帽子般顶在头上,以此祈福。

假日一大早我就被家里吵闹的声音叫醒:"快来帮忙做面塑。"我一听,马上蹦起来,飞似的冲进厨房。

"我们先堆枣山!"外婆指挥道。妈妈从盆里揪出一团脸一般大的面开始做主体。面是昨晚就发好的,外婆用那双不知捏过多少面塑的手变魔术般地和出一个个结实的面团。蒙上保鲜袋,发酵一个晚上。次日一大早,盆子里那个小小面团已变成一个"大白胖子"。"啪",妈妈把它掷在案板上,又揉了几下。

我和弟弟在爸爸的带领下开始做盘龙和祥云。"爸爸,爸爸,我们为什么堆枣山做面塑呢?"弟弟手中不停,好奇地问。

爸爸一脸神秘道:"嘿,最早是用来供神的。早在先秦时期,老百姓就用它祈福,传了几千年了。"他咳了一嗓子,接着说:"相传枣山有一种超越自然的力量,是人与神交流的桥梁。虽然只是传说,可人们对生活的希望和憧憬都饱含在这面塑里呢。""哇!那我想求神护佑我们全家平安,我次次考100分!""那你就像认真做面塑一样对待考试!"

我们要开始雕鳞了,手中的剪刀似小鸟翻飞,用梳子、筷子和竹签搓、捏、擀、拍、拉、切、扎、戳……最后用吸管压上鳞片,粘上龙须,一条长龙就现身了。

分别装着红枣、麦子、黑豆的几只碗待命似的坐了一圈,眼巴巴望着我,只待我用它们给龙点上眼睛了。外婆伸手过来,轻轻捏走两颗红豆,她和妈妈那边,一只红眼小兔已经活灵活现了,我目不转睛盯着,真觉着它下一秒就会跑动起来。我回过神来,给龙也点上眼睛,精灵神气。

一团团面,在外婆手中像被施法一般,瞬间变成花鸟鱼虫龙虎凤龟。我和弟弟无论看得多么仔细,也无法看清她这双苍老灵巧的手此时变的魔术。妈妈喜滋滋地将枣山端放到火上去蒸,外婆乐呵呵地看着妈妈,仿佛在回忆自己小时候跟自己妈妈一起捏面塑的时光。日子就这样在一代人与一代人中不断传承。

烟火氤氲中,我们亲手制作的面塑出锅了。弟弟一声欢吼："大功告成！"这四个字，算是对这次劳动极准确的总结了。

"万古同山川，八方异风俗。"面塑是山西节日的艺术品，作为非物质文化遗产，老人在面塑中深情回忆，孩子在面塑中欢乐喜气，做面塑的劳动过程，是一种耐心、一种工匠精神，更是亲情和美好生活的印记。

六年级课堂作文

老师点评

小作者选取了比较有山西地方特色的做面塑为主要介绍对象，选材上新颖、独特。文章首先写了各个节日以及活动时随处可见面塑，来表现面塑在山西人生活中的重要性。接着，重点写自己家做面塑的全过程，将风俗的介绍自然地穿插在事件当中。语言表达也非常具有童趣，在欢声笑语中体现了家庭的和谐与亲情的美好。结尾点明中心，升华主题。

同学点评

章家涵：这篇文章运用了许多拟人、比喻的手法，令做面塑的细节十分生动有趣，栩栩如生；还通过"搓""捏""擀""拍"等一系列动词写出了做面塑的过程。条理清晰，形象生动,令人回味无穷,好像那一个个精巧的面塑就摆在我面前,那一声声欢呼就回荡在我耳边。

查隽言:面塑是一种手艺,这种手艺不仅装点节日,更带给人们欢乐的心情和美好的希望。全文以一个孩童的角度真切地表现出人们对于面塑的喜爱和对生活的向往。作者寄托在面塑上的不仅是愉悦,更是一种工匠精神和亲情的传递。文中巧妙运用各种修辞,不仅显得天真可爱,同时生动地让我们体会到面塑的魅力。

王荣琦:本文通过描写小作者在假日里与家人做面塑的情景,运用语言、动作、神态等人物描写手法,淋漓尽致地展现了面塑这一传统文化的特色。文中虽无一字直接抒发感情,却字里行间流露出作者对家乡传统文化——面塑的喜爱、赞美与作为山西人深深的自豪感。

姚叙汐:随着现代社会不断发展,许多传统的中国民间特色手艺开始衰落。但本文的小作者热情地向人们介绍与再现山西的面塑,在生动的语句中表达了自己对面塑的喜爱,让我们感受到了解到面塑的制作过程与形态样子,使这项非遗文化人人知晓,跃然纸上,来到了我们的生活和节日之中。

孔雀妈妈

　　我的妈妈眼睛小小的，眉毛并不浓，有乌黑的头发和长长的两缕刘海，因为近视，又不想戴眼镜，所以看东西都眯缝着眼睛。

　　她不像孔雀那样生下来就很美，可她很爱美。早上早早起来，就是为了化妆，动作很小心，怕妆容被擦掉。在商场里，如果看见好看的衣服，就穿上在镜子前转来转去，就像孔雀在欣赏自己。又问我好不好看，我若说好看，她就高兴，可如果我说太胖了，她就低下头黯然伤神，仿佛孔雀伤心地低下头，收起那美丽的尾巴。

　　平时，她努力保持美丽。可她并不是每时每刻都很美，每当她不高兴，似乎马上就要把我撕碎。而且，我认为她很爱变脸。

　　有一次，我在大太阳下面和小伙伴玩得口干舌燥，就想让妈妈给我送一杯水下来。我给她打了个电话，她却在电话里凶巴巴地说："你都这么大了，这点小事，自己干。"说完就把电话挂了。可等我上去了，她正在边倒水边说："我女儿真可怜，想喝水都没人给她送。"我有些糊涂了，刚刚还骂我，现在怎么又可怜我了呢？

　　还有一次,我因为作业写到晚上9点钟,妈妈一看表,脸上温柔的表情都不见了,剩下的只有生气。她拿起我的睡衣抽了我一下,我的背火辣辣地痛。写完作业之后,就到了弹琴时间。我的手指轻轻触碰着琴键,琴声一会儿犹如高山一般巍巍,一会儿又如流水一般柔和。妈妈头顶的乌云这才消散了,刚刚那温柔的表情又出现在她脸上,还添加了一丝丝欣慰。

　　我经常问妈妈:"您一会儿开心,一会儿失望,一会儿欣慰,一会儿生气。您说,您的脸它自个儿知不知道累呀?"妈妈也总是开玩笑地回答:"当然累,不信你来当妈妈试试!"

　　我摇摇头。成为妈妈,那可是一件很勇敢的事。

　　　　　　　　　　　　　　　　　　　四年级课堂作文

外公的小园

　　每个暑假我都要回老家看望外公、外婆，而这个暑假，我格外期待，因为外公今年有了一个小菜园，小园里的瓜果蔬菜快要成熟了。外公外婆原先住在五楼，因为腿脚不便，新买了一个一楼的房子，有了这个小院子。

　　我一进家门，就冲向院子里，里面种有各式各样的蔬菜，有茄子、豆角、丝瓜、西红柿、韭菜……我进去时，外公正在给白菜浇水呢。

　　我看着一根大黄瓜，口水不由得流了出来，它看上去是那么鲜嫩可口。外婆看出了我的心思，便开始教我如何摘黄瓜。

　　"看，先要找一根大黄瓜，不要摘小的，小的还能再长。一手抓住这个柄，另一手向旁边用力……"

　　我依言试着用右手去抓黄瓜，刚一碰到，便惨叫一声跳开，把右手在衣服上蹭了蹭，又用左手揉了揉。"好痛啊，黄瓜有刺！"我大叫。

　　"哈哈哈。这回你记住了，要抓黄瓜的头。"外婆大笑。

　　我有点尴尬，再次伸出手，抓住黄瓜的头，伴随着"啪"的一声脆响，一根清凉的黄瓜被我小心地拎在了手上。

　　削了瓜皮,我大口地吃着。外公对这个菜园倾注了很多心血,他每天清晨早早就去园子里干活了,辛劳和汗水洒在土地上,在时光中凝结成了果实。到了中秋节,外公把新鲜的蔬果送给亲友,家人在茶几旁围坐,盘碟中摆放着外公小园里的缤纷瓜果,还带着浓浓的土地气息,这才是节日的味道和颜色,大家称赞不已。

　　外公说,虽然种菜需要花的心血不少,但门槛其实不高,最基础最重要的是选好种子,把握好时令和规律,敬重泥土、阳光、雨露、空气,不然多少辛劳都是枉费。人生在世,要做一粒好种子。

　　外公的小园中不仅有饱含营养的蔬菜瓜果,还有着外公对家人的爱、对劳动的敬重以及对生活的哲思。

五年级暑假作文

趣游海洋公园

说到长隆，大家最先想到的一定是海洋世界，那里有世界上最大的水族馆，有白鲸、企鹅、海豚……好多的海洋生物。

小朋友都希望能去玩，我也不例外。出发的时候我就已经很兴奋了，在飞机上，甚至不知道怎么让自己平静下来。下了飞机辗转到了目的地，更是美不胜收，我东张西望，只恨自己没多生一双眼睛。

最先映入眼帘的是大蓝鲸，缤纷的海底通道充满奇幻和欢乐，浮光掠影，明暗交辉。成群小鱼伴着鲨鱼穿梭而过，魔鬼鱼露出谜一般的"笑容"。海豚馆、鲸鲨馆、白鲸剧场，让人半日里目不暇接。

欢乐的叫声从过山车、激流勇进处此起彼伏地传来，而我最爱的是水滑梯。穿好泳衣，一步一步爬上滑梯，时不时不小心被头顶的大水桶浇身上一桶水，或被小喷泉洒满身子。坐到滑梯里，双手交叉放在胸前，顺着水流滑下去，哇，真好玩。

傍晚时分，我们去看了马戏，去了水族馆跟帝企鹅共进晚餐。这次旅行不仅好玩，还让我学到了很多海洋知识，真开心！

三年级暑假作文

如果我是一只鸟

如果我是一只小鸟。

扇动翅膀,飞过一座座高楼大厦,飞过一座座城镇村庄,飞过一节节火车车厢,飞过一条条道路桥梁。飞累了,就站上一个结满果实的枝头,抖一抖那疲乏的翅膀,啄啄那树枝,除去上面的害虫,然后继续展翅飞翔。

飞过那镜子一般波光粼粼的水面时,我用那乌黑的尾尖点一点水,和鱼儿们打个招呼。立在一个最大的莲蓬上,用我尖尖的小红嘴沾一点水,梳洗那凌乱的羽毛。

傍晚,我迎着夕阳低飞,钻进白茫茫一片、雪一般的芦苇荡,和鸭子嬉戏。飞到河岸边的村庄里,一个小女孩的窗前,教她今天最后一支船歌或最后一段舞曲。在她清婉优美的歌声中,我再次飞起,去欢送夕阳和霞光。

停在渔船上休息,等待月亮升起。我飞到树梢,睁开明亮的双眼,看着空中那一轮明月,圆得像盘子,纯得像润玉。朦胧的月光给大地披上了一层薄纱衣,倒映在水面上,显得格外宁静、美丽。

我卧在巢里,听虫儿今夜浅浅的低鸣。游荡了一天,我也累了,很快进入了梦乡。

五年级课堂作文

自由的萤火虫

　　我是一只小小的萤火虫。和其他萤火虫一样,生活在这棵大槐树下,小蚱蜢、知了哥哥都是我的好朋友。

　　作为年龄最小的萤火虫,这是我第一次飞出大槐树的范围。我借着月光的映衬和身后的灯笼,踏着一片树叶出发,不论是花木还是草丛,都尽收眼底,一切显得格外宁静。

　　忽然,我看见一对兄妹从一旁的小木屋里走出来,手里还拿着一个玻璃瓶和一个网兜。小小的我不知道危险已经来临,想飞过去和他们主动打个招呼。

　　我拍动翅膀,飞过去。男孩指着我,满脸通红,神色兴奋地和女孩说着什么。求生的本能让我感知到了危险,我拼命扇动翅膀打算调头。说时迟那时快,一张大网撒下来,好似怪兽的魔爪,一下就抓住了我。我奋力挣扎也无济于事,被关进了底部装有细碎沙石和杂乱木棍的小玻璃瓶中。

　　我奋力抵抗,用我那针尖般细小的腿挠着瓶壁,用我小小的脑袋顶着瓶口那泰山一般的塞子。可我是一只小小的萤火虫,力气远远不够,我一次次尝试,一次次失败,有点心灰意冷。瓶中渐渐暗了下来,不知不觉天黑了。夜幕总会让萤火虫迸发智慧。我突然灵光一现,用细小的腿支起一根小棍,用杠杆撬动一块小石子,再用力飞起撞击木棍,让石子弹起再掉下来,砸向瓶子。"咣当!"声音虽然细小,但夜深人静中格外分明。小女孩听到了,来到窗前。我急忙求救,用哀怨而清澈的眼神看着她。女孩显然有些不舍,但同情心最终战胜了占有欲,她打开了木塞,放走了我。

女孩和我挥手告别,目送我在空中飞了一个圈,我用萤光绘成一个心形,流星一般飞走了。生命是可贵的,自由是生命的精髓。

六年级课堂作文

茶仙子

快到清明节了,我踏着春色,去茶山上采明前茶。我腿脚飞快,把爸爸甩在山下。

"茶"字是人在草木间。置身漫山遍野的青绿,我的思绪随着茶香飘向远方,荡漾起来。茶山是一样的,但看茶山的眼睛不同。我看茶山的眼眸中,有一个巴掌大的小人向我飞来。她长着一对叶子形的透明翅膀,身穿绿色花边连衣裙,戴着一顶黄色的凤冠,正中书写着一个大大的"茶"字。原来她就是茶仙子!

她一边领路,一边自我介绍:"我是茶仙子。你也可以叫我茶小童。我现在要带你去看我的工作,快跟我来!"说完她加快速度,飞向茶还没发芽的茶山。

茶仙子一来,所有茶就向她鞠躬。她在地上洒下新籽,喊一声"春姑娘",春姑娘就来了,跟她一起施法。刹那之间,所有茶树都发了芽。又一施法,茶芽儿瞬间长成了嫩叶。两位仙女一人掬起一把茶叶,各自分给我一片。我放进嘴里,嚼了嚼,品味阳光雨露和时间的味道。这神奇的嫩叶,经不同的工艺,制成绿茶、红茶、黑茶、白茶……

茶仙子飞近我面前,从她粉嘟嘟的口袋里掏出来一把茶

籽,给了我。这时,我听见爸爸的呼唤,忙往山下飞奔。跑得
急,我摔了一跤。爬起身来,茶仙子不见了,恍若刚才只是一
个梦境。可一摸口袋,里面还有茶籽!

四年级课堂作文

游平遥古城

　　妈妈常说,山西有文字记载的历史达三千年之久,可以追溯至旧石器时代,那时就已有人在这里繁衍生息。她还半开玩笑说随便拉一条红绳可能就是古代文物。看我有点生疑,到了假日里,她便带我去平遥古城。

　　平遥古城,始建于西周宣王时期,距今已有两千八百多年历史。进入古城,城市中的喧嚣都化作了历史的魅力。古城里纵横交错着一百多条街巷,经纬交织,布局对称。走在古城的街道中,心中有些惊撼。一座座古色古香的建筑立在道路两旁,没有高楼的威风,也没有大厦的科技感,但是却给人一种神圣威严的感觉,虽饱受风雨但依旧屹立不倒,承载着中华传统文化的美。

　　四合院民宅、庙宇、铺面,原汁原味勾勒出明清时期的历史风貌。1997年,平遥古城入选世界文化遗产名录。作为保护区、景区、社区三区合一的古城的一万多居民如今仍居住在古城近四千座明清民宅中,承载并延续着祖辈人的生活技艺,历史文化和现代生活融为一体,温润了日常的烟火气息。

　　看着,走着,从一座座古民居前经过,我突然被妈妈的喊声吸引。"快看,前面就是整个古城最高的楼!"我循声望去,见一座楼阁耸立,玻璃砖瓦反射着蓝绿色的光彩,红色的木墙，飞檐翘角，雕花的柱子，无不显出华美。令人心底不由失笑的是这座"最高楼"只有十八点五米。

不远处的票号博物馆是古城客流量最大的景点之一，也是晋商文化和精神的学习基地。明清时期，晋商的兴起，让平遥从军事之城转变为商队货物往来、金银穿梭的商城，中国第一家票号——日昇昌票号于清道光年间在平遥创立。敢于创新、善于创新，是晋商精神的核心之一。

在古城看了一个上午，我们吃完饭便出发去看大型实景演艺《又见平遥》。这个表演讲了一个镖局押镖的故事——王家为了救回自己的儿子，花了三十万两银子，而镖局本着商业精神，牺牲了两百三十二条人命，换回了王家独苗。这就是晋商的信义！演出布景精致，最大的特色是让每位观众也能够成为演员沉浸在场景中，令人感到新颖。每天平均有二到四场演出，我在心中默默算了一下，一年的演艺收入高达几千万元呢，彰显着古城的商业活力与文化实力。

平遥古城历史悠久，文化沉淀深厚，但它不是一个沉默冰冷的标本，而是一个有生机有温度的活力城镇。在全面保护好历史文化遗产的同时，旅游发展也绽放异彩，探索出一条民族文化自信的崭新发展道路。

游平遥古城，看的不只是华贵与厚重，更是历史、文化和记忆。

五年级暑假作文

小猫存钱罐

六岁生日时,姑姑让我自己挑一件礼物。我一进商场就看中了一个小猫存钱罐,它跟我回了家,成了我的伙伴。

它的外形看上去是一个巴掌大的箱子,其实就是小猫的屋子。顶盖子上是一个盘子形状的按钮,也就是小猫的餐盘。只要把硬币放在盘子上,轻轻一按,一只黄白相间、毛茸茸的小猫就会从纸箱里伸出一只可爱的小爪子,把硬币抓进箱子里,然后"喵"一声钻回去,似乎在说"谢谢"。

我一有硬币就投喂它。这个小猫存钱罐陪伴了我很多年,它不光是一个存钱罐,更像一个伙伴。它一天天地越来越重,快有字典那么沉了,我的快乐也成倍地增加。

有一天,我正要存钱,只听"吱呀"一声,"喵"声随后停了,猫爪也不动了,它坏了,不能用了。我哭了,泪水像断了线的珠子,止不住往下流。我这才知道,我有多么喜欢它。

它坏了,我却舍不得扔掉它,一直把它放在书桌上,让它继续陪伴着我。

11月的一天,妈妈的生日快到了,我准备给妈妈买一个礼物。买什么好呢?一束花吧,需要钱呢。我的目光落到了小猫存钱罐上,我辛苦攒钱不就是为了这一刻吗?我扭开底盖,拿出来数一数,一百元,给妈妈买了一束花和一个小蛋糕。妈妈说,那是她过得最开心的一个生日。妈妈还说,她小时候也有过一个存钱罐。如今,大家越来越多使用手机直接支付了,有存钱罐的孩子一天比一天少了。

小猫存钱罐藏着快乐与亲情、珍惜和感动,长留在我和妈妈的心间。

五年级课堂作文

二月二，龙抬头

　　农历二月初二，外婆告诉我，这个日子有许多习俗，其中，最普遍的就是剃头了。

　　去年的二月二，正处于非常时期，不方便到理发店，只能在家理。我对外婆说："外婆，不用理了，等以后方便了再说吧！"可是外婆十分认真："不行，一定要理，这样才吉祥幸福。我和你外公每年这天都要理的，几十年了。"在外婆的坚持下，妈妈接下了给全家理发的工作。

　　妈妈开始干活了！她先给我理，因为我扎辫子，只要剪短一点就行了。我的头发很快就剪好了，十分成功。该弟弟了，他的目标是小平头，看起来虽然简单，理起来就不容易了。妈妈围着弟弟转来转去，理发器呜呜地响着，弟弟头发一撮撮地掉在地上，我在旁边认真地看着，时不时帮忙去拿掉落在弟弟身上的头发。

　　终于理好了，我看了却捧腹大笑。我的笑声把大家都引来了，他们看了以后也都哈哈大笑！原来弟弟的头剃得不整齐，一片高一片低，还有几块地方剃光了。远远地看，就像一个个小坑。妈妈对这个作品不满意，我却感到十分欢乐。因为我们最近在学习关于月球的科学知识，弟弟的头就像月球表面,我可以直接照着他的头画环形山了……

妈妈又给外公、外婆分别理了发。孩子亲手给自己理发,让外公、外婆都很欣慰很满意,面貌一新了。二月初二,又被称为春耕节。剃好"龙头"后,大家便可精神抖擞、安心劳作了。二月二,既有祈祷风调雨顺的美好寓意,也有对新的一年寄托的信心与希望。我也喜欢上这样的民俗了。

三年级课堂作文

幽默大师林老师

　　教书法的林老师是一位格外有意思的老师,他是一位幽默大师。

　　书法教室里那位戴眼镜的老师便是林老师。他黑黑的镜框中,是一对可以看透一切的眼睛。亮亮的额头高高的,里面装满了笑话。

　　他对待每一次上课都很庄重,都打着领带,穿着西装,皮鞋亮得都能当镜子照。

　　林老师通常不会很严肃地上课或教导我们,而会用有趣的语言让我们喜欢上他的书法课。上毛笔课时,他会教我们很多字。他并非了无生趣地填灌知识或技能,而是常常说:"这个笔画要'抱'住另外那一笔。""这个竖要写长,写笔直,不然这个字就站不住了。"这些话总是惹得我们哈哈大笑。

　　林老师还是一个优秀的人工智能导航,每一节课上都会启动一段导航。每当在课堂上他要邀请同学上台时,"来,这位小同学,你的导航已经开始,向右转,然后向左转,沿当前路段一直往前走,好了,你已到达黑板,请开始书写。"每当林老师导航时,我们都无一例外地哈哈大笑,就差笑出眼泪了。而林老师却一本正经地瞪大眼睛,假装莫名其妙地问:"我很严肃的,你们笑什么呀?"这句话逗得全班更憋不住笑了。

不知不觉中,一堂课很快就结束了,我们都舍不得。

大家都喜欢幽默的林老师,喜欢他的书法课。

　　　　　　　　　　　　　五年级课堂作文

猴子弟弟

弟弟瘦瘦的,眼睛小,嘴巴也不大,头发乌黑稠密,像一顶黑帽子戴在头上。

他活泼好动又聪明,像一只小猴子,每天在家里跳来跳去,有时在沙发上飞来飞去。

他很机灵。有一次,爸爸给了我一块巧克力,弟弟可想吃了,就笑嘻嘻地对我说:"姐姐,你闭上眼睛,不要看。"我不知道他要干什么,就闭上了眼睛。听见什么动静了,我很好奇,便悄悄睁开了眼睛。只见弟弟飞快地把巧克力放到嘴里,他看见我发觉了,就嘻嘻一笑,一溜烟跑了。我哭笑不得,真不知拿他怎么办。

他是我们家第一个文章被收进书里出版的。他读中班,口述了一首童谣:"妈妈做家务/启勋也来帮忙/妈妈说/儿子你好认真/桌子擦得可真干净/启勋一本正经说/幸亏你生了我。"被选入江苏人民出版社2020年9月出版的《幼儿口述日记》。爸爸激动得不得了,比他自己出一本几百页的厚书还高兴。

三年级课堂作文

我

我，一个九岁的女孩。没有动人的外貌，没有才高八斗学富五车。但如果你问别人张启莘是哪个，他们一定会说："不就是那个有一丝金发，皮肤黝黑的女孩吗？"

这金发是怎么来的，我也说不清、道不明，生来就是如此。不过我的确很黑。有时，大家叫我一声"小黑米"（我的小名叫小米），我也不生气，毕竟是事实。虽然我不喜欢黑，但我发现当我脸红的时候，黑可以掩盖住红，我也就释然了。

我的情绪很多变。有一次，我考试得了九十六分，这对我来说已经不错了。我极度兴奋，欢天喜地去找好朋友报喜，紧紧地给了她一个拥抱。用她的话说就是差点儿把她抱骨折了。可是没过多久，我就听说九十六分只是排在第二十多名，气得我差点儿当场晕过去，之后一个星期都没好意思找朋友玩，太尴尬了。

我高兴的时候，什么事都好商量；要是我生气了，谁也休想改变我的主意。

硬笔书法、画画、跳舞、轮滑……我都学过，但我最喜欢的，还是钢琴。那天，我写完作业，已经是晚上9点了。妈妈说："今天太晚了，我们不弹琴了。"我坚决不同意："不行！今天不弹，也许就过不了级，一切努力可就白费了！"说着，我就坐上了琴凳，弹起了《洋娃娃的梦》。弹着弹着，我就入了迷，眼前仿佛有一个洋娃娃在跳舞，和我一起伴着琴声转圈……后来，我的钢琴考级顺利通过。在这个过程中，我收获了自信，知道了只有坚持和努力才会更靠近成功！

　　这就是我，一个平凡又有特点的女孩。我的童年生活，每一天都过得精彩、快乐！

四年级课堂作文

银　狐

我养了一只灰白相间的英国短毛猫，它有闪闪发光的银色胡子，取名"银狐"。

银狐的可爱，体现在叫声、吃相和玩耍中。

它的叫声变化多端。有时，它会拖长了声音，高声叫唤，这表示它饿了，此时你得给它添饭。当它无聊了，又没人陪它玩，它就会"咕噜咕噜"地给自己解闷。要是它生气了，它会短促地"呛"一声，这时可别碰它，否则它不在你手上留下一道爪痕才奇怪呢！

银狐的吃相很有趣。它如果饿了，一看见食物就会闪电一般跑过去，"吧唧吧唧"地吃起来。如果发现没有猫粮，就会拖长了声音，如怨如诉，还会用它那双水汪汪的眼睛看着我，似乎在求我给它一点猫粮。无论多么冷漠的人，在这样充满期待的眼神注视下，都会忍不住给它一点吃的。

和银狐玩更有意思了！我喜欢用一根绑着小鱼玩具的逗猫棒来逗它。银狐会为了得到小鱼一次次摔倒，可它从不放弃，反而乐此不疲。银狐跳得很高。它可以不费吹灰之力跳上阳台上的摇摇椅，在上面悠悠荡秋千。有时，它会跳上墙、窗帘，去抓一只蚊子，把家里弄乱，可我不舍得责备它，反而会被它的生机感染。

银狐不会像忠实的狗狗那样为人服务，反而常常是人得服务于它，鞍前马后地忙碌，喂食、铲屎、洗澡、梳毛，而它心安理得地接受。它偶尔也会撒娇，当感到孤独和寂寞时，会爬上你的膝盖，随意一坐，随心所欲又特立独行。

银狐爱睡懒觉，醒着的多数时候也睡眼惺忪，怪不得懒惰的人被称作"懒猫"。但它有着独特的机智，它喜欢睡在椅子上，它有天生的识别谁说了算、谁是一家之主的能力，因此，它从来没有睡过爸爸的椅子，总去占领"篡夺"妈妈的椅子，悠然自得地睡觉。

《小王子》中说："也许世界上有五千朵和你一模一样的花，但只有你是我独一无二的玫瑰。"我为银狐花费了很多时间，付出了很多爱心，正因为如此，随着我一点点长大，我的银狐变得如此重要。

也许世界上也有五千只和你一模一样的猫，但只有你是我独一无二的银狐。

四年级课堂作文

勤俭节约的奶奶

　　我的奶奶皮肤黝黑，眼睛大大的。眼皮上有很多皱纹，层层叠叠，像风干的橘子皮。奶奶今年五十八岁，也不算太老，可由于日夜劳累，看上去有六十多岁。

　　她十分节约。我和弟弟吃西瓜时，总会剩下一点果肉，如果奶奶看见了，就会再啃一遍，最后只剩下孤零零的瓜皮，她才会满意地笑一笑，扔到垃圾桶里。

　　如果中午就她一个人在家，随便吃点剩菜剩饭就算一餐了。晚上，爸爸、妈妈、弟弟和我都回来了，奶奶就鱼、虾、肉烧一大桌菜。我问她为什么，她回答："如果我一个人也吃大鱼大肉，不是很浪费吗？"我若有所思点了点头，心想：奶奶太节约了！

　　奶奶做事速度飞快。有一次，两个客人来我们家，很突然。但半小时后，奶奶就把一大桌子菜烧好了。客人们很惊讶，我自豪地告诉他们："我奶奶就是这么快！"有时候，弟弟淘气，缠着奶奶跟他玩，奶奶就说："等我五分钟，拖个地板。"结果只用三分钟就拖好了，我十分佩服。

　　很多邻居都认识奶奶。邻居看见奶奶，总是不由得竖起大拇指夸她："阿姨，你真厉害，一个人能带两个小朋友！"奶

　　奶总是冲他们笑笑，接着忙她的去了。

　　在我眼中，我的奶奶十分能干。她爱我，我也爱她！

三年级课堂作文

暖心拥抱

　　吕老师是我的数学老师,六年来从未换过。她常说自己就像一朵带刺的红玫瑰,可我觉得她虽然严厉,但很关心我。我有不懂的题时,她会耐心地反复讲解和梳理;在我情绪低落时,她鼓励安慰我;而在我取得好成绩时,她也会毫无保留地夸赞我,同时提醒我不能骄傲。吕老师对我的好,就像夜空中的星,数不胜数,其中最亮的一颗,是那一个让我充满信心的拥抱。

　　那是三年级的冬天期末。吕老师把我送到校门口后,家长还没有来接。偌大的广场上只剩下寥寥几个人,我站在风中等待了好久,回头看时,才发现她竟然还在我身边。我便开口:"吕老师,您……不回去吗?很冷的……""没事,我陪你等。这次期末考试你一定要好好考,争取考100分!""这……嗯……"我低着头,不太敢保证。毕竟,过往每次数学考试的成绩都不理想,仿佛一颗大石头重重压在我心上。她却非常有信心,脸上带着淡淡的笑容,眼镜反射着冬日的阳光。"你一定可以的,要相信自己!"说罢,还给了我一个大大的拥抱。她的怀中暖暖的,有一股好闻的香味,就像一个温暖的火炉,给我带来温暖,带来力量。风依旧寒冷,但我的心里暖洋洋的,充满了自信。

那次考试,我格外认真,果然拿到了100分。此后我一直保持着好成绩,每当缺乏信心,只要想起寒风中的暖心拥抱,我又会充满无穷的动力。

六年级课堂作文

银桂、金鱼和梅花

　　爸爸爱养花，是一名植物爱好者。他最爱的是一盆银桂，花是淡淡的黄色，泛着一点璀璨的银光。椭圆的叶子顶端，尖尖的。边上有一排小刺，手摸上去会被刺痛。

　　桂花分为金桂、银桂、丹桂等多种。我家的这株银桂，一朵朵花像一个个小灯笼挂在枝头，很是惹人喜爱。它的香味很浓，来串门的客人和朋友常被这香味勾住。我家的银桂开花通常比较晚，10月底才开，可11月初它便开始枯萎了。起初，它的花只是微微变为橙色，不久，当中的水分蒸发了，渐渐风干。直到最后，完全枯萎下去，用手轻轻一碰，一个个"小灯笼"从枝头掉落下来。

　　桂花落进鱼缸里，金鱼就欢快地游起来，整个鱼缸有了别样的生机。金鱼是一种可爱的动物，颜色、造型、身段都很美丽。锦鲤太大，笨手笨脚的，鲫鱼和鲶鱼看起来也没有那么绅士、优雅。而金鱼却是优雅的代言人。那宝石般的眼睛，那流线型的身段，那纤细的鱼鳍和那丝绸般的鱼尾，一切都恰恰好。红一点就过深了，浅一点就不艳了，大一点过于笨重，小一点就不优雅。它像个优雅的女子从不着急，摇着那艳红的尾巴散步是它的爱好。金鱼很淡定，从不像其他鱼类一样一有风吹草动就逃走,看起来弱不禁风。

天再冷一点儿,梅花就绽放了。"墙角数枝梅,凌寒独自开。"梅花是一种平常花,有着平凡的树干、花朵,每个冬天都可以见到。梅花没有牡丹那么艳,也没有银桂那么香,但梅花从不会在冬天凋零,它永远傲然开放,不畏严寒。梅花有时会让我想起守边将士的样子。冬天,大雪纷飞,大家都在家里暖和,而那些守边将士呢?大雪落满一身,却毫无怨言,依然像梅花一样,一个个在风中挺立,他们为国效力,不畏寒风,驻守边疆。"俏也不争春,只把春来报。"守边将士就像梅花这样,从不与其他人争夺名利,炫耀功劳,在每一个平凡的日子里做着不平凡的贡献。

三年级课堂作文

不被遗忘便不会消失

太奶奶是妈妈的祖母,九十六岁高龄时离开了人世。我九岁,抬头望星空时,总觉得她在天上还看着我们。

有一夜,我和妈妈讨论人有没有三生三世,我们不知道答案,正好第二天去看电影《寻梦环游记》,便看看电影里是怎么说的。

电影里一个小男孩来到了亡灵世界,看到了已经飞往天堂的太爷爷。他问太爷爷:"人生有轮回吗?"太爷爷轻轻叹了口气。小男孩穿行进入其他人的脑海和记忆里,发现记得太爷爷的人只有太奶奶了。小男孩回到亡灵世界,太爷爷说:"我已经被人忘记了,一个去世的人如果被所有人忘记,才算真正消失,就算在亡灵世界也不存在了。我的时间不多了……"还没说完,太爷爷已经倒下,化作一丝青烟,就要消失了。

小男孩知道太奶奶也快要去世了。他心想:"趁我还记得太爷爷,赶紧离开亡灵世界。我记得太爷爷,他就不会消失,这样太奶奶来到亡灵世界就能重新见到他。"

看到这里,我不禁鼻子一酸,眼睛里饱含泪水。人生只有一次,有的人走了,不再被人忆起,就永远消失了。

　　太奶奶虽然离我们而去，可永远活在我们的心中。她那乐观、坚强的面孔永远印在我的脑海里，我们家的人永生永世不会忘记……

三年级课堂作文

轮滑比赛

　　周末,我没有睡懒觉,早早来到体育中心,参加轮滑比赛。

　　裁判员已早早来到场地。清晨的阳光中,选手们列好队,摩拳擦掌等待着。观众席上更是热闹非凡,大家在热烈期待中预测着比赛结果。

　　比赛人数较多,六人分一组,第一批还没有轮到我。我站在等候区,和边上的选手最后调整着鞋带的松紧,他嘴里不停念着:"拿第一,拿第一!"

　　我们很快上了起跑线,伴随着裁判鹰唳般尖利的哨声,六个人像一组离弦的箭,冲了出去。我卖力地蹬腿,很快,双腿越来越沉,被别人反超,前面四个人依然活力满满的样子。不久,广播里喊:"第一个同学快要超过最后一名一圈了。"观众席上好似水沸了一般,突然炸了窝。我听着,加快了脚步,因为分神,过弯道时脚步有些乱,我一下滑倒在地。一阵阵惊呼从观众口中传出,我的胳膊像火烧一般痛,看着最后一人从我眼前滑过,我内心有些绝望。

　　但很快,我又站了起来,心想:最后一名又如何?贵在坚持完成全场比赛!观众们看我站起来,纷纷为我鼓掌。我用尽力气,双腿如风火轮般急赶,被我追着的选手回头瞥到我时,也是微微一愣。我奋力追了足足有二十米。在最后几秒钟,我赶超了第五名,冲过了终点。

　　比赛结束了,我没能进入决赛。但我感到,自己因为不轻言放弃,反而得到大家更多的鼓励!

六年级课堂作文

体能训练班

　　今天我要去一个体能训练班，我心中的体能训练只不过是无聊的跑步和乏味的深蹲，可上完课我才知道，这是一项有用而有趣的训练。

　　这里的设备齐全，有跑步障碍物、标志桶、瑜伽垫，就连地板都是和运动有关的。教练让我们绕标志桶跑、做平板支撑、跳格子、骑空气自行车……

　　其中，我最喜欢的是跳障碍。老师把障碍放置成"S"形，让同学们一个一个跳。我看着这障碍的高度，心里有一丝恐惧，紧张起来，我会不会是那个跳着跳着突然摔倒的人，会不会跳不过去。想着想着，就轮到我了。我想象自己是一只袋鼠，正在跳过一个高高的土丘，顺利跳过了第一下，第二下。我又想象我是一只野兔，在跳过一块大大的石头……就这样，我成功地跳过了所有的障碍。老师还夸我跳得沉稳、有序，老师这一夸，令我信心大增。

　　老师夸我的声音很大，爸爸听得很真切。他痛痛快快地点开了付款码，不再为我的体能成绩忧愁。

　　　　　　　　　　　　　　　　　　　三年级课堂作文

喝　茶

　　好朋友妞妞送了我一套茶具,我们一家人围坐在一起喝茶。泡了一壶红茶,妈妈让我来倒茶。我紧紧地抓着壶把,生怕打碎它。这时妈妈对我神秘地笑了笑,顺手拿起一杯牛奶,往我和弟弟的杯子里倒了一点,茶竟然就变成奶茶了!我抓起茶几上一颗最大、最红、最好的草莓给弟弟,他笑得那么天真、可爱。

　　夜晚的阳台上,有点冷,可一家人那么开心,我的心是暖暖的。幸福不是非要花钱去旅游,也不是窝着看电视,仅仅和家人一起喝茶就很幸福。

三年级课堂作文

下厨趣记

　　我从小就爱吃,最爱番茄炒蛋。第一次动手做,是四年级军训时。那次端出锅的,像是番茄蛋汤。我又气又笑,回家向妈妈请教学习,反复练习了很多次,有时给家人做,有时为自己做。浪费了不少鸡蛋和番茄后,我成功做出了一盘像样的菜,同时积累总结出一点经验——譬如鸡蛋最好先炒一下,这样不会粘在番茄上面……

　　学成这道拿手菜,我莫名提升了自信和底气,日常生活增加了许多乐趣。

　　不过,也闹过一次笑话。

　　那一天,我朋友来我家吃饭。我决定露一手,做番茄炒蛋。我拉着她,一蹦一跳来到厨房,拿出番茄洗净,准备食材。我的好朋友不会做饭,在她羡慕的目光下,我用"熟练"的手法切完番茄,打好鸡蛋,起锅烧油。把鸡蛋液倒进锅里时,我像一个大师一样教她:"做这道菜呀,要先炒一下鸡蛋才行!"鸡蛋半熟时,我把番茄倒了进去,用铲子在锅里熟练地翻炒,快起锅时,我把碎葱花撒进去。朋友睁大眼睛瞅着锅里,好奇地问:"为什么锅中会有水呢?"我叉着腰,略显卖弄似的说:"你那么聪明,都不知道吗?番茄里的水分,在加热后会被炒出来。"虽然她一副"不想理你"的表情，但我还是表现得极为自信。最后一步，放完盐，出锅。我耐心盛出来，捧着盘子，昂首阔步端去餐厅。

好朋友先尝了一口，很快皱起了眉头。妈妈吃了一口，五官夸张地扭在一起："你放盐了吗?"

我还以为怎么了! 放盐这件事，我非常肯定。"放了，百分之百!"可她们的表情，依然让我心中感到一丝疑惑。

"那为什么这么甜?"好朋友喊。

"哎呀!"我似乎想起了什么，跑回厨房，拿起瓶子一瞅，惊了——我错放成糖了!

我心中盘算，番茄炒完后会变酸，不知放了糖会不会更好吃? 我一边想一边跑去加了盐，又端回给大家尝。大家又夸张得像要上战场般伸出筷子，不过很快眼睛又亮了。"真好吃，放了糖好像更棒!"妈妈夸赞。我这才放下心，庆幸得到了新"秘诀"。

这次下厨露一手，展示我的拿手好菜，差点出现闪失。虽然歪打正着开发出新口味，但我心里还是反复告诫自己，以后做事一定要认真，要谦虚!

四年级课堂作文

雪润大明山

大明山的四时风光都令人沉醉。春天百花齐放,夏天荷枝摇曳,秋天硕果累累,而大明山的冬天也别有一番风韵。

开车缓缓行驶在盘山公路上,细密的雪花轻轻拍打着车窗。远处的雪山隐没在冬日,像一个高挺的远古雪巨人,站立在天边,凝视着这白雪皑皑的大地。

山脚下,是几栋小小的房子,土黄棕褐色,镶嵌在这一片雪白中。炊烟袅袅升起,串起乡村的寻常日子和空灵诗意。几棵矮灌木和松柏,时不时抖落一身积雪,透着勃勃生机。

院子墙角,栽种着几株蜡梅,候了一整年才与雪相逢,此时最是曼妙无比。王羲之、孟浩然、朱熹、李白、白居易、司马光、苏轼……都曾留下书写临安的诗文。"墙角数枝梅,凌寒独自开。"千百年前王安石的这些诗句,写的是不是这里?凑近了去瞧,朵朵嫣红的梅蕊皆含一斗晶莹,极致的白与绚烂的红共舞,碰撞出无与伦比的美。掬一捧雪,在鼻尖嗅,伫立在白雪与红梅之间,在这与旧岁告别的新年里,心间是"数点梅花天地心"的辽阔、无边无垠的自由。

半山腰上,一条小溪淙淙流过,溪上横着一座独木桥,轻轻站上去,任凭溪水在脚下流过,时不时漂来几片浮冰和落叶。深吸一口气，清新的冷气蹿入体内，慢慢走一个循环，让人顿时感到清爽超逸，似这白雪一般洁净、清澈。

山风吹来，"沙沙沙""簌簌簌"，将毛竹身上抖落干净。不久后，雪又落满厚厚一层，就听枯枝不堪雪的重负"咔嚓"折断，随着寂叶沉向大地，雪从叶间滑落，安稳地落在了根旁，完成了化作春泥更护花的使命。大明山的雪，有独特的雪香和气息，这是我与它相伴多年了解到的秘密。

咦？这是……脚印？是山猫的？狐狸的？还是什么别的动物的？我无从得知。无疑，这一串小小的脚印为这白雪深山增加了几分神秘的魅力。"天将暮，雪乱舞，半梅花半飘柳絮。"夜里，白雪又会填平脚印，铺满山路，玉树琼枝，焕然一新，醉人心眸。

又是一年了。山里幽静或欢腾的日子，都在这场如诗素雪中闭幕了，日子又将翻开新篇章。人生一场，岁岁年年，也当如这雪一般：舞则如诗如画，如梦如歌；行则洁白守宗，初心不渝。

六年级寒假作文

年夜饭·最好吃

　　人一年中一般要吃上千顿饭，其中最好吃的，莫过于年夜饭。这是我今年春节最重要的发现。

　　为这一顿饭，人们的花费最多。每个人都在这一年里努力奋斗，实现梦想和目标。辛苦了一整年，大家总想"奖励"一下自己，所以来到菜市场、超市，在不浪费的前提下，都舍得买好的、买贵的。中国人最讲情义，招待客人也一定拿出最好的。

　　做好这顿饭，人们花费的时间是最多的。平日里的一顿饭可能二三十分钟就好了，多不过一两个小时。而这顿饭，快则半天，慢则从入年关就开始了，腌肉、腊八蒜等食材甚至从腊月就开始准备了。毕竟，这顿饭代表着上一年圆满的收尾，也预示着新一年的开始。所以人们乐意花费时间，认真制作。

　　年夜饭端上桌，亲朋好友欢聚一堂，不管是大伯、姑姑，还是堂弟、表妹，无论是山西、云南的，还是上海、湖州的，大家都团聚在一桌。如果实在不能来，也一定会打一个视频电话相互问候，给大家拜年。在这顿饭中，没人在意你是王局长还是李科长，是刘总监还是赵经理，大家围坐在一起回味一年的收获和心得,十分温暖。大红的灯笼高高挂,玉白的饺子热气腾腾,翠绿的腊八蒜晶莹剔透,氤氲又芳腴,搭配成一年里最鲜美的色彩与画面。人间烟火味,最抚凡人心。

年夜饭,最好吃,最团圆。国泰民安,万家灯火,这是一顿温馨又重要的饭,是旧岁月的句号,更是新日子的开端。饱含在这顿饭里的爱、暖与亲情,更是平常的任何一顿饭所无法相比的。

家和万事兴,国安享太平。年夜饭,一年又一年传承着老百姓相信的这些道理,更寄托着人们对未来的希望和期待,世世代代,生生不息,领着我们向前去。

五年级寒假作文

吃"福气"

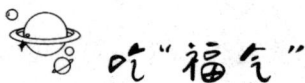

每当到了节日,奶奶总爱给全家耐心包一顿饺子。奶奶会在美味的饺子中包一枚钢镚儿,谁要是吃到包了钢镚儿的饺子,就预示着谁是家里最有福气的人。

灯火里,饺子端上来,热气腾腾,白得像元宝,腊八蒜掰几瓣,晶莹剔透,绿得像翡翠,组成餐桌上最美的色彩。

每年都是妈妈吃到"福气",我心中暗暗有些不服气,所以今年包饺子我特别勤快,全程热心参与,还特别留意奶奶在哪个饺子里面包钢镚儿,认真记着它摆在案板上的位置。我算了算,五十个饺子,我吃到的概率是百分之二。

可饺子一下锅,我就分不清了。我赶紧再跟奶奶要了一个崭新的钢镚儿,洗刷干净,又在第二组饺子当中包了进去。我心想,这样我吃到"福气"的机会就多了一次。

忙活的这会儿工夫,妈妈已经把第一盘吃了一半。我心想,得赶紧去抢"福气"。虽然饺子已经被吃了一半,大家吃到"福气"的概率还是一样的,还有机会。我狼吞虎咽地跟妈妈抢着吃,几乎是同时分别夹走最后两个中的一个,胜负即将揭晓。我还没咬开,只听妈妈"啊呀"一声叫,捂着被硌着的牙齿,眯着眼缩着脖子,乐呵呵地笑。她果然又吃到了!

　　我本来已经吃饱了,可是为了吃到"福气",揉揉肚子,走了几小圈,又坐在餐桌旁等第二盘。这次,吃到第三个时,我终于吃到了"福气"。

　　一碗又一碗热腾腾的饺子,是妈妈和我的福气,更是奶奶的爱与智慧——她总是有办法,让家人不知不觉多吃几个团圆饺子。

六年级寒假作文

数学比萨

　　好吃的比萨香气喷喷，它是怎么制作而成的呢？假日里妈妈要做比萨，我赶紧带着心中的疑问，兴致勃勃地跟过去帮忙。

　　首先要准备材料，用电子秤称取：210克高筋面粉，90克低筋面粉，20克橄榄油，15克细砂糖，5克干酵母，5克盐，15克奶粉。我称得手忙脚乱，一会儿撒了面粉，一会儿忘了奶粉……总算都称好了，我终于松了一口气，问："妈妈，为什么要这么精确地称量，我感觉像做数学题？"

　　"数学可是很神奇的，它无处不在！"妈妈神秘地说，"烘焙食物都是有配方的，用数字称量，就像套用数学公式，肯定能做成功！"

　　我将信将疑，心里暗自想：奶奶从来不称，做得也挺好吃呀！妈妈好像看出了我的心思，慢慢说道："你想一下，是不是你吃过的肯德基汉堡味道都一样，而不同饭店的红烧肉味道却不同？"

　　我恍然大悟："确实汉堡味道都一样！是不是因为汉堡都是按'数学公式'做的？"

　　"对了，"妈妈笑着说，"我们一起来寻找比萨里的数学吧!"

　　我又认真地看了菜谱,发现里面确实有很多数学:面和好以后,需要发酵40分钟,变成原来的2倍大小,排气后醒发15分钟,再擀成圆形,铺好馅料。放入烤箱以后还有数学公式:上下火200摄氏度,烤15分钟!

　　把比萨送进烤箱,像顺利交了数学考卷,不知道这次能考几分呢?

四年级课堂作文

窗外的早晨

　　早上,我从床上爬起,走到窗前,用手抹去窗户上的白霜,向远处眺望。

　　天边一道灿烂的红霞刚刚升起,太阳姐姐穿着金色的裙子,披着红色的纱衣,一步一步慢慢地爬上山头,为青山、池塘、白云、蓝天,都镀上了金色。

　　远处,钱塘江好似一条长龙,静静地仰卧在大地之上,两岸形状各异的高楼林立。几只渔船在江面上漂荡,远看就像几片落叶浮在江面上。雾气还没有散尽,两三座矮山,几栋高楼,几叶扁舟,江边一带好似仙境一般雾气缭绕。

　　小区门前的马路上堆满了落叶,风一吹,在地上哗哗地跑。银杏的黄叶也好似一只只翩翩起舞的蝴蝶,在空中盘旋飞舞。金桂早已开过了,芳香似乎还停留在枝头。梅树还没红,天还不够冷,苦寒吐芬芳,天愈冷,梅愈芬。现在早上7点不到,一个个橘黄色的忙碌身影映入眼帘。他们手拿竹子绑成的扫帚,清扫着地上的垃圾和黄叶。认真劳动着的人最美。

　　虽才7点15分,但小区里已经热闹了起来。松树、常青树随风舞动自己长长的枝叶,小草也跟着风姑娘的脚步扭动着自己的身躯。孩子们早已按捺不住内心的激动,吃过早饭就呼朋唤友,成群结队来到草坪玩耍,在阳光下跳舞,和小狗赛跑,和小鸟对歌。老人也出来活动筋骨,有的在打太极,有的在练剑。大家都在享受星期天的假期。

窗外一片生机勃勃,又是美好的一个早晨。

五年级课堂作文

丢手绢

"丢、丢、丢手绢。"下课了,我们找来一块手绢,围成一个圈,选了一诺来丢,大家眼里闪着期待的光。

游戏开始了,歌声一响,一诺拿着手绢走了一圈又一圈,她的目光从我们身上一一飘过,在我身上停了停,又转到了豆豆身上,似乎在想:"启莘跑得慢,可反应快。不如选豆豆吧,她反应不是很快,跑的速度也一般。"于是手绢被一诺悄无声息地放在了豆豆身后,我们见豆豆没反应过来,急得像热锅上的蚂蚁,一个劲地给她使眼色。可她毫不领会,依然安静地坐着,我耐不住性子了,就轻轻地碰了她一下。豆豆这才反应过来,马上拿起手绢去追一诺,和她相向而行,但一诺马上往反方向跑。就这样僵持了好久,有人不断打手势鼓励豆豆去追,豆豆摇了摇头,接着左一摇、右一摆地做着假动作,好像一只在探路的企鹅。左探探,不行,右探探,也不行。

终于,一诺灵机一动,往左跑,豆豆立马从右边转头追来,我们都为一诺捏了一把冷汗——眼看一诺就要自投罗网了。突然,一诺一个大转弯到了豆豆的座位上。豆豆有些无可奈何与不服气,但还是拿起手绢,开始走新的一圈又一圈。我的心里像有一只小兔子,不停地跳,又好像有十五个吊桶打水——七上八下。我跑得最慢,可千万不要丢给我啊!这时,我看见手绢落在了丹丹身后,我松了一口气。丹丹眼疾手快,一转身就抓到了豆豆。

这时,上课铃响了,大家闹哄哄走进教室,脸上洋溢着快乐的笑容。童年的快乐啊,不是看手机,不是吃零食,大家一起玩丢手绢才是最开心的事!

五年级课堂作文

今天我们班春游,我却把水杯落在了教室。今天,我终于体验到了"渴"。

一开始,我觉得没什么,和伙伴们快乐地玩着"叠罗汉"。可是,当我们快要回去的时候,太阳好像一个顽皮的小孩子,热辣辣地照着大地。我感觉体内的水都快蒸发完了。

这时,前面的同学欢呼雀跃,我把脖子伸得和长颈鹿似的,才看清,前面有一个小卖部。我一下子有了力气,飞奔向小卖部。可真不幸,爸爸不接电话,妈妈没设置过我的手表支付,看来是无法买水了。我想高兴起来,比登天还难啊!

大家都很渴,当老师说要回学校时,大家多么高兴,老师却一个不小心走错路了。看着河里的水草,我愤愤不平:你不要水又占着水,我都快头晕了,也喝不上一口水!可现在,河里的水草都在笑我,我也没力气不平了,心比刀绞还难受。

一回到学校,我连喝了三大杯水,心里那只小兔子才平静下来,这时我才想起我书包里有一个罐头。哎,我一着急就什么都忘了。

有了水,大家又恢复了以往的活力。

四年级小练笔

雪　糕

今天骄阳似火，我都快被烤焦了。

我一回到家就打开冰箱，找了一瓶冰牛奶喝，一下子觉得每个毛孔都舒服了。反正是闲着，碰碰运气，看看家里有没有雪糕吧！

我拉开冷冻层，冷气扑面而来。咦？有奶味。我在冰箱里翻来翻去。天助我也！一个牛奶味"大布丁"，我的最爱！

撕开包装，我迫不及待地舔了一下。呃，和电视里一样，我的舌头也粘了上去，可这一丝冰，这一丝甜，让所有热一下子都没了！我细细地品着。雪糕一丝丝流入口中，没有冰糖那么劲爆，没有白糖那么腻，也没有水那么淡。我咬下一大口，那可真好！入口即化，有一点沙子的感觉，可又比那细腻百倍、千倍。等它融化一点后再去舔，才不粘舌头，真的和布丁一样丝滑，好像给舌头上了一层膜，可又透气、凉爽很多。

"大布丁"的冷补了甜腻，甜补了冷，真是完美搭配。不一会儿，一个就进了我的肚子，给了我无与伦比的凉快！真想再吃一个！

"大布丁"也是物美价廉，两块钱一支。虽然它好吃又便宜，但也不能多吃，一周吃个一两次就够了！

四年级小练笔

爱与勇气的冒险
——读林世仁《小麻烦》

　　书是夜空中的星辰,启迪我们的智慧;书是大海中的灯塔,指引我们前行的方向。《小麻烦》就是一本这样的好书。这本书讲了一只叫"小麻烦"的、长着翅膀的狐狸,沿着弯溜溜河去远足的故事。小麻烦是狐狸爸爸和白鹤妈妈的孩子,他相信只要沿着家门前的那条小路转个弯,就可以看一看这个世界,并找到神秘的弯溜溜河尽头。小麻烦上路了,在旅行的途中遇见了红尾巴松鼠、水鸭群、小孤独、找麻烦、巨人、雪娃娃、树妖、旅行饭店村……小麻烦与"找麻烦"成了好朋友,一起探索,终于成功到达弯溜溜河的尽头——那里有一座魔法工厂。

　　《小麻烦》中的角色不多,但个性多样,丰富多彩。譬如"小麻烦"十分开朗,爱交朋友,也很勇敢。面对危险的山洞,他没有选择退缩,而是走了进去,在里面见到了"小孤独",并陪伴了他一天。

　　再来说说"找麻烦"。起初他十分自卑,但自从认识了"小麻烦"之后,就变得热情起来。他很讲义气,为了朋友可以牺牲自我。他曾在"小麻烦"十分饥饿时为他提供食物,并冒着生命危险在山上吸引树妖,为好朋友营造逃跑的机会。这一段我看了很多次,有时还会落泪。

这本书的内容也很富有想象力。蘸着阳光吃的米线、会旅行的饭店、被凉拌的欢乐回忆、三杯幸福的饭料,在现实中都不存在,但在这个故事里应有尽有,为我打开一扇想象的大门。每读一篇,我的心里都感到暖暖的,我很喜欢。

《小麻烦》的读者没有年龄限制,我的父亲看得津津有味,我的弟弟看了也咯咯地笑。你任何时候都可以打开它阅读,令人回味无穷。

五年级课堂作文

读书之乐乐陶陶

　　"鸟欲高飞先振翅，人求上进先读书。"正如李苦禅所说，读书使人增长知识，修身养性，学会思考，且它没有"门槛"，不论谁都可以读，为生活增加一份美好。

　　书的种类有很多，诉说着情感与哲理。如：《夏洛的网》讲述亲情、友谊；《老人与海》告诉我们一个人可以被毁灭，但不可以被打败；《小王子》会让你明白真正重要的事物，眼睛是看不见的。又如柳永"衣带渐宽终不悔"的缠绵，苏轼"老夫聊发少年狂"的豪放，时而让人落泪，时而使人微笑，令人沉醉于历史，也置身于未来，韵味无穷。

　　张潮说过，少年读书，如隙中窥月，中年读书，如庭中望月，老年读书，如台上玩月。可见读书让人生境界宽阔，且活到老可读到老。不论何时何地，不论男女老少，都宜读书。有一日，奶奶做完家务，闲来无事，便让我给她读书。我本想拒绝，但又觉得奶奶的精神实属难得，便拿起一本故事书，和奶奶一起读起来。我时不时分析两句，奶奶也给出自己的想法，读到精彩的地方禁不住拍手。她神采飞扬，像一个得到糖的孩子，苍老的脸上充满了活力，眼中闪烁着对阅读的期待，仿佛年轻了十岁。

　　我的弟弟也十分爱读书，经常让我读给他听，我们聊得热火朝天，一起增长知识。有时他的想法也能让我眼前一亮，读书让人与人之间有思想和情感的交流，拉近距离。

　　文以载道，可说人叙事和抒情说理，是装载着魔法的盒子，是人与人之间友谊的种子，是文化与文化之间交流的桥梁，为人类插上文明的翅膀。趁年少，多读书。

　　书山有路勤为径，学海无涯苦作舟。书是我们最好的朋友。如古人所说："读书之乐乐陶陶，起弄明月霜天高。"读书是美丽的，有趣的，也是高贵的。

五年级课堂作文

读书乐趣多

阅读充满趣味。我非常爱看书,特别是故事、童话和小说,这也可能是我想象力丰富的原因之一。

在我的记忆里,第一次被书吸引,是一年级学拼音时。我感到读书好枯燥,于是妈妈就给我买了一些迪士尼拼音读本,这样让我既学好了拼音,又读到了故事,真是一举两得。

三四年级的时候,我被历史迷住了,可是史书过于无聊,我又看不懂。这时,同学向我推荐了《朵狸历险记》有声书,讲述2815年一只九岁的狐狸(那时的动物已经有了人类的智慧),为了救自己生存的世界,穿越历史,和历史名人发生各种趣事的故事。从商朝到元朝,从纣王到成吉思汗,一共十个专辑,每个专辑大约一百集。由于课业忙,我是听的,这里面每个人物都很有趣,这位作者用巧妙的方法让历史鲜活有趣地呈现在我的眼前,让我久久不能忘却。

大概相同的时间,我也喜欢上了沈石溪的动物小说,里面有很多我熟悉的动物,也有很多我不知道的故事。作者告诉了我们动物的生活习性。每一本书都向我们揭示一个人生哲理,浅显易懂。

散文我也看,但是感觉不够惊险刺激,少有一波三折的有趣故事。不过,一个安静的下午,坐在藤椅上看一本散文集,再舒适不过了。

　　读书,一年又一年陪伴着我,给我很多乐趣和启迪、温暖与欢乐。

五年级课堂作文

一篮豆芽春光鲜

　　春暖花开，万物生发，各种鲜嫩的芽菜是春天最美的滋味。

　　"春吃芽，夏吃瓜，秋吃果，冬吃根。"我家的春天，是从餐桌上有一盆豆芽开始的。

　　一颗小小的坚硬豆子是怎么变成鲜嫩的豆芽的呢？我做了认真的观察。只见妈妈去厨房抓了一把颗粒饱满的绿豆，放进大碗里，泡一晚上，然后放在沥水篮里。再盖上一层又一层的毛巾，像一张厚厚的被子。我想：豆芽难道也怕冷吗？我问妈妈："为什么要盖这么多层呢？"妈妈答："因为要保湿呀，不然就长不出长长的茎了。但也不要太多水，不然会烂哦！"

　　妈妈每天用水洗它们。第一天，它们长出了短小的根，冒出小白尖；第二天，它们继续慢慢吸收水分，根已经很长了；三天后，豆皮已无法束缚涌动的生机，豆瓣儿显露出来了；时光悠悠地走，不到两周，它们就长出大大的叶子了！

　　我轻轻地拿起一根，更仔细地观察，生怕折断这娇嫩的精灵。之前从来没有注意过，豆芽原来长得这么奇特——粒粒豆子从中间分开，表皮像老奶奶的脸一样皱，后面长出长长的茎,豆子中间又长出了叶子,绿绿的,很是好看。一簇簇豆芽相互挨挤,竞相生长。

豆芽成熟了! 把豆芽放到锅中,"哗啦"一声响,水和油炸裂的声音让我头皮一紧。清炒,用铲子翻一翻,氤氲出一股独特的清香。放上几块番茄,出锅。盛到盘子里,豆芽茎白尖绿,在红番茄的映衬下,更显晶莹如玉,搭配成餐桌上最鲜美的色彩。我迫不及待地拿起筷子,偷偷在桌前夹起一箸。咬下一口,细嫩顺滑,别样清鲜,甘美芳腴,无与伦比。顶好吃,我的眉毛都要鲜掉了! 至鲜至美的食材,只需要最简单的烹饪方式,这是豆芽教会我的道理。

"纸上得来终觉浅,绝知此事要躬行。"了解过豆芽的"前世今生",对它的感情更深了一层。我爱种豆芽,种出来不仅好吃,也很有趣!

三年级课堂作文

神秘的布达拉宫

　　在西藏海拔三千七百米的高山上，一座华丽雄伟的宫殿坐落于此。作为世界文化遗产的布达拉宫，在拉萨的红山上已经矗立了一千三百多年。

　　布达拉宫宏伟大气，占地面积达三十六万平方米，非常巧妙地利用了山形地势，整个布达拉宫充满和谐与美感，在绵延的群山中似星辰一般耀眼。

　　这座宫殿分为两个部分：白宫和红宫。白宫非常大，是达赖喇嘛住的地方。相比之下，红宫就小了很多，虽然面积小，但是文化价值可不容小觑，这里是五世、七世、八世、九世、十三世达赖喇嘛的灵塔。

　　布达拉宫号称"世界屋脊上的明珠"，它的彩画、木雕等都闻名世界。一幅幅壁画如活人一样，有讲民间故事的，也有讲僧佛传说的。最引人注意的是一座座佛像，整齐排列，庄严肃穆，那全身的金色更是令人不敢侵犯。大多数佛像都是盘腿打坐的姿势，也有几个是手拿法器站立着。其中有一座格外大，目测单一条腿也比我人身还大，其盘膝而坐，双手放在腿上，目光平和，却神圣威严。这里有成千上万座，不管哪一座，都是艺术品。

　　布达拉宫不单单是一座历经千年的历史古堡，也不仅仅是一座见证青藏高原历史变迁的宫殿，更是一座文化宝库，是世界共同的精神财富。布达拉宫里的文物经书，更是不少，各个价值连城。有传说，一座布达拉宫可以换下一座上海城。

　　有人说，神奇的布达拉宫是祥云化作的莲花；也有人说，布达拉宫是凝固的音符、流动的画卷；还有人说，布达拉宫是世界建筑画卷上的最美五线谱！这就是布达拉宫，历代西藏人民劳动与智慧的结晶。

五年级暑假作文

游江南铜屋

今天,我来到了河坊街的江南铜屋游览。

从侧门进来,穿过一条弄堂就来到了大殿。大殿两旁放着一些铜制品,有元宝,有铜树。中央的一张铜方桌上放着一头金色的大铜牛,头上两只牛角顶部尖锐,金色的身体里透着光芒,正认真地看着摇钱树,求老天爷下钱雨,让主客财运滚滚。

出了大殿往右行,有一个方形的铜画展厅,里面有许多铜做的画。有的画着一簇一簇羞涩的玫瑰,含苞欲放。有的画着朵朵山茶花,美丽极了。这些铜画生动、逼真、漂亮、精巧,简直比大自然里的花草还要美!

出了厅门往东走,一个铜制动物展厅出现。一进来,眼前豁然开朗,各种铜制动物栩栩如生。一只只雪白的仙鹤,有的展翅飞翔,有的说着悄悄话。一群铜鹿热热闹闹地在树下嬉戏玩耍,或在路边赏景。最有趣的是一只小梅花鹿,头上的角落满了铜叶子,十分迷人。往里走,一匹匹高大的骏马扬蹄欲奔。最吸引人的是关羽骑着他的赤兔马,手拿大刀,威风凛凛!看着这些做工精细、逼真的铜制动植物,我十分着迷,不由得想伸出手去摸摸它们呢!

　　走过长廊,绕过工艺品展厅,一个更大的展厅出现。五头牛放在中间,象征着五福临门。三头黄牛,一头红牛,一头白牛,光滑的身体铜光闪闪,抬起了一只前蹄,似乎也在仰天长哞。

　　参观完毕走出大厅,走廊尽头一片高光,街外的烈日洒着耀眼的光芒,提醒我将重回现实世界。魔法般的铜屋之旅结束了,我觉得意犹未尽。

　　　　　　　　　　　　　　　　四年级暑假作文

谷爱凌是个谜

　　寒假里相信很多人都在看北京冬奥会,我也不例外。在这一届冬奥会的所有运动员中,我最喜爱的运动员是谷爱凌,最爱看的是她的比赛。

　　谷爱凌的身份是个谜。我一开始从她的长相看不出来她是哪里人,后来仔细看新闻才知道,她是一名中美混血儿,从小学习滑雪。她在美国成长,也在美国接受教育,后来和母亲一起回到中国,并在这届冬奥会中成为中国代表团的一员。

　　谷爱凌的勇气是个谜。在女子大跳台的比赛中,我发现谷爱凌每一次上场前都会模仿一下比赛动作,认真中透着一丝丝可爱。滑下去,再滑上来,在空中转体,好似一只展翅翱翔的雄鹰。她的第一跳接近完美,第二跳有些欠缺,只要第三跳选一个保守的动作,就可以至少拿到一枚银牌,我觉得大部分人都会这么选。但谷爱凌没有退缩,反而越战越勇,选择了一个更高难度的动作,她赢了。看着她手拿鲜花,赢得金牌,我心中充满无限的自豪。我们看到了她的辉煌,但鲜有人知道为了这一刻,她付出了多少。

　　谷爱凌的抉择是个谜。她虽然只有十九岁,但年龄没有造成她与赛场上其他强者的差距,更没有成为她坚定选择回归祖国怀抱的障碍。尽管我无法走入她的内心了解她的想法,但我非常欣赏她这份浓浓的家国情。跟赛场上的金牌相比,谷爱凌的选择与执着更值得我们敬佩。

五年级寒假作文

陌上花开

立春过后，北方的大地上还透着一丝寒意，南方的草地上早已冒出茸茸的绿草。农家忙碌的春耕就要开始了，春天播种下希望，等到了秋天就能收获果实。

往年的这个时候，我们已经返回了校园里，2020年有所不同。春耕有时节，求知却无止境，任何时候都会是好的开始。

我的学校在杭州，阡陌路启智街交叉口，晋代陶渊明的《桃花源记》里描写"阡陌交通，鸡犬相闻"，《史记》中记载战国时期商鞅"开阡陌封疆，而赋税平"，正是一派欣欣向荣的热闹景象，跟莘莘学子课堂上的书声琅琅遥相呼应，春意盎然，让我心中充满了希望和憧憬。

杭州曾是南宋和吴越的都城，吴越王钱镠没有秦始皇和汉武帝的功绩，却因"陌上花开，可缓缓归矣"九个字被后人传颂和铭记。

我上学之前曾住在临安，那里就有钱王陵，西湖边上也有钱王祠，钱塘江边矗立着"钱王射潮"的雕像，吴越王钱镠在百姓心中有很高的地位。钱氏家族也很出众，如钱学森、钱锺书都是钱王的后人。

　　每年此时，春水初生，春天繁盛。钱王妃都要回娘家住上一段时间，看望并侍奉父母。钱王料理政事，心生思念，就给夫人写了这一封信，情真意切，平实温馨，流传至今。

二年级寒假作文

脚步丈量杭州

　　如果用脚步丈量杭州,会收获别样的风景和感受。最好的方式大概就是爬山。

　　从年初一到十五,只要你愿意,每天都有一座山可以爬。北高峰财神庙 1325 个台阶,凤凰山 1045 个台阶,飞来峰灵隐寺 438 个台阶,宝石山保俶塔 623 个台阶,伍公山城隍阁 475个台阶,孤山 255 个台阶,棋盘山 1380 个台阶,灵峰探梅 95个台阶……

　　山上多庙,迈进寺中,一座座佛像出现在眼前。我学着妈妈的样子,两手执香,对着佛像拜了三拜,望其保佑我们幸福安康、财运滚滚,国泰民安、风调雨顺。

　　向山下望去,杭城与西湖的美景尽收眼底。清风明月本无价,近山远水皆有情。立春了,除夕了,雨水了,又是新的一年了。苏堤已是早春,一树春风千万枝,嫩于金色软于丝。耳畔飘来灵隐或吴山的钟声,钟声悠悠,岁月悠悠。

　　吴山脚下,是胡雪岩故居,历经风雨。苏堤尽头,是苏东坡纪念馆。这座城可贵的精神,我想他们可以代表一部分。

　　生活就像攀登,每一步都不白走,用自己的脚在山上踩下脚印用脚步丈量的人,才能找到一条真正属于自己的路。

脚踏实地,克服困难,就能站上山巅,眺望星云。

　　夜幕降临时,恰好下山来。家人围坐,灯火可亲。窗外春雨蒙蒙,伴我入梦……

三年级暑假作文

我有一座城

　　如果你在不同的季节来到我的家——杭州,就可以感受到不同的风景。

　　杭州在不同的季节有不一样的最佳游览路线和游览心情。春天,柳浪闻莺、花港观鱼、玉皇山、湘湖;夏天,万松书院、九溪十八涧、虎跑冷泉;秋天,三潭印月、云栖竹径、钱塘江潮;冬天,断桥残雪、青芝坞、白堤、鼓楼……四季的风景串起四季的色彩,就像一幅五彩的画卷。

　　一草一木,一沟一壑,不绝于千年以来的诗词歌赋、琴棋书画,写尽水墨江南的吴越风情、魏晋风流或唐宋风华。

　　白居易、苏东坡、岳飞、鲁迅、秋瑾、蔡元培、茅盾、胡雪岩……他们组成浙江最珍贵的精神文化宝库。如果还有别的什么,大概就是宪法、红船,自强、求是,是代代相传的民族魂魄和民营商业精神。

　　杭州曾是南宋古都,中华民族之文化,历数千年之演进,造极于赵宋之世。这个说法到今天为越来越多的学者和大众所接受。宋代的诗词书画非常繁荣,洋溢着浓厚的生活气息和个人尊严。宋瓷的素雅,对比唐朝的绚烂充满了审美的自信。

　　钱塘自古繁华,近年来的杭州更加日新月异、更加国际化。斑马线礼让行人、数字治理、电子商务、人才引进,杭州一直走在全国前列。如今的杭州人,继续屹立在时代潮头,追逐梦想。

　　盛大的第十九届亚运会在杭州召开。欢迎您来到我的家——美丽的杭州,观美景,品美食,感受杭州的热情与精彩!

　　　　　　　　　　　　　　　　　　五年级暑假作文

老房子

　　我家的老房子拆了，我们在今年春节搬进了新房子。

　　老房子建成于1995年，年龄比我大很多。老房子原本承担着妈妈一生的重大计划与安排。首先是用于考学读书，1995年，妈妈要上中学，需要在城里有户口，上户口需要城里有房子，于是姥爷花光积蓄再东借西凑，买下来这个房子。姥爷有自己的第二个打算，如果妈妈考不上大学，这个房子就用于陪嫁，给妈妈寻个卖菜的小本买卖人家嫁了。

　　老房子的第一个历史使命早已顺利达成，而妈妈也考上了浙江大学，老房子的第二个功能就没有如期实现。爸爸也不是一个卖菜的，他的理想是成为一名作家或基金经理，坐在那里不动就能对社会有赫赫贡献的那种，他快四十岁了，还没有实现他的理想，但他似乎从来没有放弃过努力。

　　老房子在一个小陡坡上，是一个二层小楼，坐西朝东。门前是一条逼仄的窄巷，只容得下行人推一辆自行车对向交会，进出极为不便，遇到雨雪天气更是泥泞，行人一不小心就会滑倒。汽车就不用想了，任凭你再好的驾驶技术，也开不上那个很窄的小坡，更开不进小巷子停到谁家的门口，所以遇到搬家拉货，这里没有人不感到头疼。

　　然而在我的记忆中,这个二层小楼却是个美好的地方。楼上楼下各自有客厅、厨房、阳台和两个卧室,它还带着一个小院子,用当时上好的大理石地砖铺成,院子里悬着几根晾晒衣被的绳子,我和弟弟经常在当中穿梭着。在我更小的时候,两三岁时,楼下租给了一个小姐姐家,她当时七八岁,我们经常一起玩。

　　老房子没有市政的统一供暖,姥爷自己买了取暖的锅炉装了暖气片。老房子虽然在城里,却没有抽水马桶,上厕所成了最大的问题,每次都需要跑到屋外老旧到惊人的一个脏兮兮的土坑厕所,而且离屋子还不近,我们都盼望着有一天这里能安装上抽水马桶。

　　去年暑假,政府宣布进行棚户区改造,要让大家住上更好的房子。时代在进步,国家全面开放"二孩"政策,所以新房子都设计有三个卧室。

　　我们很快选好了新房子,装修晾晒了半年多,到了春节,我们全家顺利搬入。我们告别了充满记忆和快乐的老房子,心里也是有些遗憾的。但我们拥有了更便利殷实的生活条件、更幸福美满的小康生活,我们心里更多的是满足和对未来的期待。新老房子的变迁,更让我深知:幸福,是奋斗出来的。

四年级寒假作文

龙鳞坝

　　进入暑假，天气越来越热了，去哪凉快一下呢？听说龙鳞坝是个避暑的好地方，于是我约了小伙伴去玩。

　　一路上我不停地猜想：龙鳞坝是一个什么样的地方呢？一定是一座雄伟的大坝，将河水拦截，形成一个人工水库，水深而碧绿，可能坝上还雕刻着龙……

　　车子下高速不久，就进入了蜿蜒的小路，两旁是翠绿的山丘，中间有一条小溪顺流而下，溪水清澈见底、波光粼粼。离龙鳞坝越来越近了，我心里更加期待！

　　又过了几分钟，车窗外传来哗哗的水声，如同微风拂过树梢。只听这潺潺水声越来越响，最后像潮水般涌来，仿佛有一万个人同时鼓掌。顺着声音望去，只见一条矮坝下白光一片，白得刺眼，好一会儿才看清，原来是瀑布。

　　我们到了！我们迫不及待地停好车，向瀑布走去。矮坝将溪水分成两段，坝上的水平静而安逸，绿得像翡翠，水面上有蓝天和白云的倒影，水流很缓，如同一个绿衣女子悄然走过。一过坝，水流变得湍急，水与水互相拍打着，交织在一起，形成一个个小旋涡，发出哗哗的响声，绿衣突然换成了白衫，奔跑、跳跃、嬉闹起来。这才发现，这万人齐鸣的掌声不是一个瀑布发出的,而是许多小瀑一起发出的。原来坝下是一层层阶梯,每一层台阶都呈花瓣状,好多花瓣层层叠叠,逐级而下,形成了一个个小瀑布。我终于知道它为什么叫龙鳞坝了!这层叠向下的花瓣不正像一片片龙鳞吗?

　　坝的下游,水流再变缓,溪水清澈极了,有很多小鱼小虾,小朋友们聚在一起玩耍。小溪两旁有几户农家乐,白墙灰瓦,游人穿梭,远处青山苍翠,宛如一幅水墨画……

　　虽然龙鳞坝不完全是我想象中的样子,但我还是喜欢它!

三年级暑假作文

幸福生活变奏曲

　　奶奶经常给我讲她小时候的故事，每天都吃不饱饭，有了上顿没下顿，吃一次咸菜加馒头就算"大餐"了。无论多么节约，粮食总是不够。住的也是小土房，下雨时，正如俗语说的"外面下大雨，里面下小雨"。冬天来了，也没有暖气和暖水袋，房子里面就如同冰箱。那时候想跟亲戚朋友说说话，无论多远的路也得上门去家里，没有手机电脑可以通信。

　　妈妈也经常给我讲她小时候的故事。妈妈小时候能吃饱了，而且不想吃馒头可以吃包子，不想吃包子还可以吃油条，样式丰富，可以自由选择。许多人家已经盖起了小楼，有自来水、暖气、电视，避风挡雨，和美温馨。而且有了固定电话，通信也方便起来。

　　我的生活又是如何呢？我经常对着一桌子丰盛的菜，也可根据需求自在搭配。我们已经住进了高楼大厦，有空调和地暖、各种智能家居和电器。通信也是十分方便，远在千里之外的人，分秒之间，用手机就通了，联系人再也不用跑来跑去。

　　幸福是社会的开放和改变，幸福是科技的创新与进步。幸福是生活上的富裕，幸福更是精神上的满足。

四年级课堂作文

激 荡

流逝的时间在读秒，

暴风雨的闪电劈向苦寒的方刚。

太阳的光辉走向毁灭，

赌徒望向命运转盘祈祷的目光。

科技的大山埋没了人类的情感，

地球的航程太长太长。

面对新生前的回望，

没有救赎的黑暗与麻木，

夜晚梦中比邻星上的烟火寻常。

生命在倒计时，

命运棋局在死亡中奔向比邻的殿堂。

地球不再转动，

鲜血流淌下的功章，

希望孤独而渺茫。

时空已把霞光日落的记忆消亡，

世纪下的愚蠢捏碎渺茫的微光。

几十亿年光辉孕育的撒旦，

红巨星前无涯的光亮。

踏上没有前世今生的渡轮，
却期待着玫瑰花的盛放。
生命的呼唤，
未来的山河无恙。
半人马座的太阳万丈光芒，
双眼之下星光的眺望，
盛夏之中，
寒冰之上，
新生中月海潮浪的激荡。

元旦文艺联欢剧本
——故事里的中国

读书人一：2021年6月29日上午，"七一勋章"颁授仪式在人民大会堂金色大厅隆重举行。29名同志荣获"七一勋章"，其中就包括新华通讯社国际新闻编辑部原干部，百岁老人——瞿独伊。

读书人二：瞿独伊？瞿独伊是谁？

读书人一：你看！

读书人二：1921年11月出生于上海，浙江萧山人，还是我的老乡呢！

读书人一：她是革命烈士杨之华的女儿，瞿秋白的继女。1928年4月，他的父亲瞿秋白秘密前往莫斯科参加中共六大筹备工作，会后留在莫斯科担任中国共产党驻共产国际的代表团团长。同年5月，作为中共六大代表的杨之华带着瞿独伊来到莫斯科。

读书人二：1930年，也就是瞿独伊九岁那年，瞿秋白从苏联回国主持党的六届三中全会，杨之华也一同回国，考虑到国内白色恐怖的威胁，他们就把瞿独伊留在了莫斯科。

第一幕

瞿独伊(童年),杨之华,瞿秋白

信纸,笔,桌子两张,椅子三张,信封,篮子,面包,书

瞿秋白(边写信边说台词):小独伊,你会写信了,我非常高兴,你不病,我欢喜了。

瞿独伊(边写信边念台词):刚好爸爸和妈妈好久没来看我了。

瞿秋白(手上拿着信开始读):独伊她怎么样了,要问她的好。要买面包给她吃,要买好书给她,要替我,去看她。

杨之华(拿着一个篮子从舞台右侧走上来,来到瞿独伊的身边):独伊。

瞿独伊:妈妈我想你!

杨之华:妈妈也想你! 你看妈妈给你带了什么?(拿出信递给瞿独伊)

瞿独伊(接过信):是爸爸的信!

杨之华:还有书,和面包。

瞿秋白:独伊,我的好独伊,再过一星期,好爸爸就回来了。

瞿独伊:啊,爸爸要回来了!

(杨之华点头)

（大屏幕变暗）

读书人二：那时她才九岁，怎么独自生活啊？

读书人一：瞿秋白把她托付给了鲍罗廷夫妇，那些年的假期和周末一直是他们在照顾瞿独伊。

读书人一：1935年，瞿秋白在敌人的一次搜捕中不幸被捕，但好在他隐藏很好，身份没被暴露，也即将被保释出狱。可不知为何，敌人突然得知了他的真实身份，并在不久以后下达了处死的决定。

第二幕

瞿独伊（少年），瞿秋白，瞿独伊同学（两名），士兵三个

信封，报纸，椅子两张，枪两支

瞿独伊：爸爸妈妈，我今年十四岁了，我很想念你们。好爸爸，您为什么很少给独伊写信了，您难道忘了自己的女儿了吗？

同学一（从舞台左侧跑出来）：独伊，独伊！

（同学一把报纸给瞿独伊，但是被同学二拦住，瞿独伊抢过报纸）

瞿独伊：爸爸……（倒在椅子上）好爸爸……

（同学一、二都来安慰）

同学一/二:独伊,独伊……

(另一边是瞿秋白被执行枪决的场景)

士兵一:瞿秋白先生,您还有什么话想说?

瞿秋白:要说的话,早就说过了,我不可能背离我的信仰。虽然这世间有人值得我去留恋,但他们更值得我为之牺牲。(看向女儿的方向)永别了,亲爱的同志们,不能追随你们了,告别了,这美丽的世界。

士兵一:预备!

(瞿秋白先开始唱《国际歌》,第二句女儿加入)

士兵:放!

(士兵二、三放枪,瞿秋白倒地)

瞿独伊(冲向观众席方向):好爸爸!(伸手)好爸爸!(无力地跪下)(低头哭泣)

(大屏幕变暗)

读书人一:从那以后,瞿独伊就失去了她的好爸爸。永远失去了……但是从那个时候起,她也开始变得坚强,因为瞿独伊继承了他父亲的信仰,跟随他的脚步,走上革命的道路。后来瞿独伊和母亲回国参加抗日战争,她们被软禁了,但同志们与反动军阀进行了坚决的斗争,敌人没能得到他们想要的结果,于是就将她们又监禁了起来。1946年,经过党中央的营救，瞿独伊等所有监狱里的难友被集体无条件释放，大家一起去了延安，瞿独伊入了党，成为一名新闻工作者，直到新中国成立，她还参加了开国大典的工作，用俄语向全世界发出了新中国成立的声音。

第三幕

瞿独伊（成年），瞿秋白，其他党员三名，全体其他演员。

稿子，怀表一枚

瞿独伊：今天是1949年10月1日，是一个所有中国人梦寐以求的日子，我们，要建立中华人民共和国，开国大典就在今天。我要准备录制了。好爸爸，这是您留给我的怀表，我邀请您一起见证这庄严的历史时刻，请您为我读秒，请您为我加油，为我们的党，加油！

瞿秋白（走到瞿独伊的身边）：别胆怯，你是最好的，稳住。

瞿独伊：稳住。

瞿秋白：在新中国成立的时刻，要先融入，独伊，先忘掉自己。

瞿独伊：忘掉自己，我懂了。

（瞿独伊开始播报）

瞿独伊：我成功了，我用俄语告诉了全世界，中国，获得了新生！中华人民共和国，一个崭新的国家，成立了。

第四幕

读书人二,瞿独伊(成年),瞿秋白,三位共产党员

国旗两面

读书人二:快看:天安门前要放《国际歌》了!

瞿独伊:好爸爸,您听见了吗,革命的先烈们,你们,听见了吗!(语气渐强)

革命烈士们:我们,都听见了!

党员一:我看见了,红旗飘扬的天安门(挥手)。

党员二:我看见了,被解放的无产者幸福的笑容(手抹前方)。

党员三:我相信,英特纳雄耐尔,一定会实现!

瞿秋白:独伊,我看到了你为祖国奋斗的样子,我为你感到自豪(点头)。

瞿独伊:好爸爸,这是一个崭新的时代,您的理想,变成了现实!

[几位党员(含瞿秋白)领唱《国际歌》,第二句所有演员上台齐唱,最后谢幕]

全体演员(鞠躬):谢谢大家!

(退场)

人物：

瞿秋白

瞿独伊(童年)

瞿独伊(少年)

瞿独伊(成年)

杨之华

瞿独伊同学一

瞿独伊同学二

党员一

党员二

党员三

士兵一

士兵二

士兵三

读书人一

读书人二

道具：

信纸,笔,桌子两张,椅子三张,信封,篮子,面包,书,信封,报纸,枪两支,稿子,怀表一枚,国旗两面

虚构作品

钢琴家的身后

　　今天叶洛书刚刚比完一场比赛,得了一等奖的她正一蹦一跳地走着,周围一片欢声笑语,路上车水马龙。突然,只听"嗖"的一声,一辆轿车闯过红灯,一下没刹住,叶洛书就和车头碰在了一起,她一下子飞了出去,晕倒在了路上。

　　叶洛书今年十六岁,正值花季年华,而且因为对音乐的理解和对节奏的感受好,被送去学跳舞,她本人也很喜欢跳舞并且很努力,很快就成了专业级舞者,是百年难遇的奇才。可这一场车祸似乎破坏了她充满希望的未来。

　　医院的一间病房里,叶洛书正静静地躺在床上。房间里只有机器"嘀嘀"工作的声音,显得有些单调,空气似乎都变成了固体。叶洛书早就从主治医生那里得知自己的双腿瘫痪,此生不可能再跳舞。虽然她早就料到了自己的结果,但当这句话从医生口中说出时,她依旧绝望,毕竟她本是那么热爱舞蹈。夕阳斜斜地从窗户中照进来,照在叶洛书脸上,照亮了她脸颊上不知不觉留下的两行泪水。

　　时间如流水,一晃几个月过去。叶洛书出院了。以前上舞蹈课的时间她依旧会去,哪怕不能参与,她也想看。有一天,杂物角一架老旧的钢琴吸引了叶洛书的注意,下课后她好奇地转着轮椅来到钢琴前面,周围全是杂物,一动便尘土纷扬,但叶洛书仍然坚持过去。她轻轻地摁着琴键,摸索着以前跳过的曲子,虽然还不成曲调,但叶洛书好像发现了新大陆一般开心。阳光照在她的脸上,她似重生了一样。

就这样,每次下课她都会去弹,一个月下来,也摸出了几首曲子。有一天,教室里空无一人,只有叶洛书弹出的琴声回荡。一位钢琴老师走过,听见了就有些好奇。这声音一听就知没学过,但似乎弹的人对音乐又很敏感。老师走进了教室,望了一圈才发现叶洛书。她正坐在钢琴前弹琴,听到声音后马上转过身子,见是个陌生人,便缩了缩脖子,怯生生地问道:"你是谁? 来这做什么?""我是这儿的钢琴老师,姓陌,我听见你弹琴,就想进来看看。你想学钢琴?"陌老师笑着,她的声音很甜,让人一下子就放松下来。听说是老师,叶洛书长舒一口气,但很快又紧张起来:我想学是想学,可我家真的没钱,而且……

就这样想着,叶洛书的头低了下去,手也交叉在一起不停地搓着。但很快,她内心的恐惧被喜爱打败,叶洛书鼓起勇气,抬起头,说:"是,是的。陌老师,我叫叶洛书,之前学跳舞。"

"原来你就是叶洛书呀! 那你以后就跟着我学习吧!"陌老师正要带着叶洛书离开,突然又被她叫住。"可是,"叶洛书的头又低了下去，"我家没有钱，而且我还得征得父母的同意……陌，陌老师，可以麻烦您去我家一次吗?"她眉毛紧皱，生怕老师拒绝。"好啊，你带路。"陌老师爽快地答应了。

一到家，叶洛书的父母便出来迎接，可听到老师说明来意后却犯了难，眉毛都快拧成一块了，思索片刻后，还是爸爸先开了口："陌老师，您这半天的课程，我女儿身体吃不消……"妈妈赔着笑脸，补充道："而且，学费问题……您也看到了……"确实，这间屋子只有五十平方米，虽然打扫得很干净，但这样更能显出它的空荡，整个客厅只有一张小桌、四个小木椅子，甚至有些寒酸。陌老师思索了一会儿，一咬牙："经费问题我全包了，至于适不适应身体……先试两节课吧!""这可不行啊!"叶洛书的父母有些吃惊，眼睛都瞪了起来。"没关系的，大不了我求求机构，经费让他们处理。"所有人都知道，这只是陌老师安慰的话，但依旧没人说什么，风轻轻吹走热水上的白汽，整个屋子里的气氛很是微妙。

就这样，叶洛书开始了她的钢琴梦。她有过困难痛苦，当手指被磨破皮时，一弹琴就和被针扎一样痛，让人想放弃。当自己弹的曲子被人否定时她会失落，但陌老师的笑容又给她自信和勇气。

时间如白驹过隙，一晃，八年过去了，叶洛书成了小有名气的音乐家，今天她要参加人生中最盛大的音乐会，中外闻名的音乐家都会来参加。

金碧辉煌的大殿,雕花细致的柱子,甚至连舞台也被花朵等装饰填满。叶洛书从来没有如此紧张过,她要首次演奏自己谱的曲子《回忆》。

台上,灯光都聚焦在中间的那架水晶琴上,哪怕演奏者身下有一台轮椅,她依旧是那么美。叶洛书回忆着瘫痪后有关陌老师的每一件事,三年前,陌老师就不见了,再也没有出现。音乐似瀑布般从指间飞泻而出。回忆着,泪水打湿了琴键。陌老师,你去了哪儿? 记者采访时,叶洛书只是含泪说了一句话:每一个音乐家背后一定有一个好老师的支撑。

而此时在大厅一角,一个长发女子看着叶洛书,欣慰地笑了,这个女子,姓陌……

洛灵学院(第一部)

第一章　洛灵学院

宇宙深处有一个星球叫四斗星,四斗星有五个分区:天大陆、莫大陆、魂大陆、纤大陆和海洋。这个世界的主宰是一种很奇特的生物,叫作兽人。顾名思义,就是五百年的灵兽化成的人形。灵兽是一种拥有灵力的生物,比普通的生物要强,五百年就可以化成人形,如果不化则每一百年会经历一次天谴,一千年以后必死。如果化成了人就会觉醒共生灵器,一种相伴一生的武器,兽人的生命是一百年,或者修炼成为武仙,突破宇宙极限……

天大陆,洛斗山脉,有一座洛灵学院。这是一所神奇的学院,虽然世人皆知,但真正能在其中学习的兽人却不多,只因这所学院唯一的入学条件是要被院长选中。

今天是五年一度的招生日,学院门口早已排起了长队,每个家长都希望自己的孩子能够被选中,毕竟从这一所学院出来的都是绝世强者。

队中却有一个黑衣少女没有大人陪伴。队伍虽长,但很少有人能被选上,所以很快就轮到了少女。"你叫什么名字?

共生灵器是什么？今年几岁？"门口的老师问着,时不时瞟向一旁的院长。"我叫慕容含霜,共生灵器是阴阳笛,今年十一岁。"正当老师习惯性准备说"走"的时候院长突然开口:"徐老师,你等一下。姑娘,我可以叫你含霜吗？""可,可以……""含霜,你愿意做我的徒弟吗？我觉得你的天赋还不错。"院长慈眉善目地说道。"这……"说实话,慕容含霜有些害怕。作为蝙蝠一族,眼镜蛇是他们的克星,而院长正好是眼镜蛇一族的兽人。"你该不会是以为我要吃了你吧……"校长有些无语了。"额……不说这个了,不过院长,做您的徒弟还是可以的。"

　　后面的人都听呆了。这么一个少女竟然就被院长给收了？先不说实力,单是年龄就很有迷惑性,一般兽人都会在十五岁左右到高级学院学习,十岁的时候还在初级学院才对。可院长却不管,听到慕容含霜答应似乎还有一种如释重负的感觉。

　　就这样,慕容含霜成功进入了洛灵学院。洛灵学院很美,建在洛斗山脉的天洛山谷中。山谷中云雾环绕,似仙境般美丽。这所学院,南面是女生生活和学习的区块,北面则是男生生活和学习的地方。同时,她也知道了一个神奇的规则……

第二章　潇玧儿

"大家好,我是洛灵学院的院长魏天灵,在此,我高兴地欢迎你们三十二个女生和三十八个男生,你们七十个人是我选中的天大陆的接班人,废话不多说,接下来我讲一下学院的规则……"在院长滔滔不绝的演讲下,慕容含霜的学院生活开始了。

听了一上午,慕容含霜明白了几点。首先,这所学院是男女分开学习,但每半年会举行一次比赛。然后就是时间安排,洛灵学院上午上课,下午自由安排,晚上是个性化教学,学员的活动范围很大,只要在天洛山谷中就行,相比其他学院这里很自由。但是有一个很神奇的校规,每个学员在学院生活都必须找一个搭档,至少在学院五年生活中要互相照应。这样虽然有些强迫,但也成就了修灵师中几段佳话。据说是开办学院的老院长觉得当修灵师要有个照应才好。大家要用三天时间找到一个自己要相伴五年甚至一生的同伴,时间紧得很,所以听到指令大家就热火朝天地找了起来。但慕容含霜却只是在一棵树下坐着,由于她眉目冷俊,看起来不太好交往,所以也没有人主动过来搭讪。就这样,两天半过去了,终于在第三天的夕阳下,一个女孩来到了慕容含霜的身旁。

"你叫什么名字？我叫潇玩儿,种族是凤凰,你呢?"女孩问。"回小姐,我叫慕容含霜,种族……嗯……是蝙蝠……" "原来是蝙蝠啊！那共生灵器呢？我的是凤鸣枪。"

"我,我是阴阳笛……""我们做搭档吧!"潇玩儿一头白金短发,黄色短衣和微微泛红的短裙让她看起来格外阳光,和慕容含霜站在一起显得有些不和谐。"这……小姐,这不好吧……"慕容含霜有自己的顾虑,在这个世界上,种族和地位的差距是不可逾越的,皇室比普通兽人尊贵,青龙、白虎、朱雀、玄武、凤凰这五个种族更是尊贵无比,不可侵犯。"没什么不好的,我是凤凰一族,有无上的权力,你为什么不答应？而且我不是小姐,既长你五岁,你就叫我玩儿姐吧!"

"权力……"喃喃自语后慕容含霜一怔,答应了潇玩儿,同时封存已久的记忆打开,她的目光不再无情,而是充满了回忆,有伤感,有自责,更多的是仇恨……

就这样,两个人做了登记,拿到宿舍钥匙后就回了宿舍,同一间房,一人一张床,一边修炼一边回想今天的事……

第三章　你是小·姐

黎明,太阳从山边升起,森林中鸟儿的叫声清婉悠长。天洛山谷中的洛灵学院从夜幕中苏醒,南北两山的学生和老师也都开始活动,教室里热闹了起来。

"含霜,你说老师今天会讲什么?"潇玩儿穿着一身淡黄色长裙,睁着萌萌的大眼睛看向一旁的慕容含霜。"不知道。"慕容含霜冷冷地回道。"别这么绝情嘛,来,笑一个。"可对方却一副"你正常一点好吗"的表情。"哼,我明明比你大五岁呢,你怎么老是一副大人样……"

"丁零零……"伴随着上课铃的响动,一位女老师抱着一个水晶球走了进来。"今天我要给你们测试灵力等级,我想划分方式应该不用我再说一遍了吧……"听着,慕容含霜攥紧了拳头,从三岁唤醒了共生灵器后她就一直没有提升。灵力一共分普灵、尊灵、圣灵、仙灵四个大境界,每个大境界又分初期、中期、后期、巅峰四个小境界。从八岁开始她就停留在普灵中期,正常来讲十岁就应该入普灵后期,可两年来她没有一点突破的感觉。本来能进洛灵学院她就已经很惊喜了,但这里是高级学院,十五岁的学生居多,应该都有入普灵巅峰的了,慕容含霜瞬间压力倍增。

"从高到矮,按身高排队来测试。"第一个测试的是白晓山,人如其名,走力量型路线,作为一个女生却像一座山一样……

"普灵巅峰。"白晓山今年十五岁,普灵巅峰天赋相比其他兽人是很高的了,第一个就这么好,后面的人也紧张起来。

很快,前面的学员都测试完了,只剩下了慕容含霜一人。

一只白皙的小手贴在水晶球上，一抹淡淡的黑光闪过，一行小字出现在了水晶球上——普灵中期……

"终究还是不行吗？"上午的课上完了，慕容含霜整个人魂不守舍，在潇玧儿的拉扯下才回到了宿舍。"你真的没事吗？"潇玧儿担忧地问道。"没事……我去散会儿步，你……不用管我……"

"停下！你为什么老是不理我，和不认识一样，为什么？你明明答应了和我组队，讨厌我也不至于这样吧，我们还要一起生活五年呢！""因为我和你不一样，你是小姐，而我是奴婢，你有权力，而我只能被欺负，你有天赋，而我进学院也只是侥幸。""天赋？我一个普灵巅峰还天赋？"潇玧儿诧异。"但我只是普灵中期，洛灵学院里每个都是天才，我在里面也只是累赘。"

"你到底有什么事，做灵兽的五百年都不足以洗刷？"潇玧儿此时也坐直了身子。

第四章　故事

"你……不，你是权贵，我对你又不重要，你为什么这么想知道？"在化成兽人以后，慕容含霜第一次这么认真地和别人说话。"我……"潇玧儿愣住了，是啊，这世上权贵和百姓的差距是不可逆的，自己怎么把这一茬给忘了？

　　"那我现在以一个普通人的身份来问你吧,我只是关心同伴,没有别的意思。"潇玩儿真的好奇了,同时也有担忧涌上心头。"我,我真的不想说……"至此,慕容含霜的话语中已带哭腔。潇玩儿一听也着急了,从小到大自己都是家族里的掌上明珠,根本不会安慰人。良久,潇玩儿才开口:"算了,我给你讲故事吧。"

　　"很久很久以前,在一个美丽的大陆上,一个显贵的家族中出生了一位小公主。公主古灵精怪又很聪敏,深受家人喜爱,和另一个家族定了娃娃亲。但是两百年过去了,这个家族家道中落,家人对小公主也逐渐刻薄,为了生存下去,原本的娃娃亲也毁了约,而和另一个家族的花花公子定了亲,在小公主化成兽人之后他们就结婚。但小公主并不高兴,她喜欢之前和她青梅竹马的那个哥哥,在成年仪式上,小公主逃跑了,跑得很远很远,直达另一个大陆……"

　　潇玩儿一改之前的活泼与可爱,此时镀上了一层如慕容含霜般的冰冷,却多了怨恨、思念与伤感……

　　"来到这个新的大陆以后,小公主时常会想念她的家人和朋友,但她更不愿意去面对家族的负担和那无聊的婚约,她把这份思念藏在心底,只有在夜深人静的时候才会去回忆……"

　　"玩儿姐,那个小公主,是你吗?"慕容含霜首次对这个千金大小姐产生同情,眼中有回忆,泪水涌上,也放下了戒心。听了慕容含霜的称呼,潇玧儿一怔,毕竟她这次叫出来的声音不再勉强。"是啊,我想他们,但又不想见他们……"

宿舍里安静了下来,已是下午3点,太阳斜斜地从窗户照进来,慕容含霜整个靠在潇玧儿身上,困意袭来,双眼一闭就睡了过去。

潇玧儿突然发现自己的搭档似乎并没有想象中的那么冷血,毕竟还是个孩子,应该也是一个有故事的孩子……

第五章 南山山洞

"什么! 老师,您,您再说一遍?"潇玧儿惊呼出声。沈骨遥老师,洛灵学院女生组班主任,此时有两个倒霉蛋正在她的办公室里挨骂:"好啊,那我就再说一遍,因为你俩第一天晚上就旷课,解释就是睡着了。罚你们去南山山洞里待一个月。"两人临走时沈骨遥突然想起了什么,补了一句:"对了,你们都是院长弟子吧,那就两个月。"又嘀咕了一句:"最烦你们这种上课旷课的小孩了……"

潇玧儿一出门就垂头丧气,满眼幽怨。慕容含霜却一副什么也不知道的表情,好奇地问:"玧儿姐,南山山洞怎么了?你的脸色怎么这么不好?"自潇玧儿向她坦白了自己的过往以后,慕容含霜对待她的态度明显转变,变得正常了许多,就如妹妹对待姐姐。"我知道家族史上的一些秘密,有一位前辈曾经在这里学习过,毕业前的两个月也去过那里,回到家后整整后怕了半年,整个人都不好了,你说我们怎么办……"听到这里,慕容含霜也有些怕了,但老师的要求是不能违背的,只能硬着头皮上……

　　突然,潇玧儿像想起了什么,问道:"等一下,你也是院长的徒弟?""好像,是的吧……"慕容含霜这才想起来这件事。"那你的天赋就一定不差,灵力不高有没有可能是被封印?"是啊,自己怎么就没想到呢?"有道理,这次回来我就去问老师。"

　　两人收拾了一下宿舍,虽然没什么东西,但两人还是带了一个小包,装了几套换洗的衣服。出了学院门,走了大概十几里路,就看到了一个山洞,上面写着几个字:洛灵魔窟。"洛灵魔窟? 看来确实不是那么好对付的。"潇玧儿喃喃道。慕容含霜没有说话,只是理了理自己的衣服,拉着潇玧儿走进了这充满雾气的山洞。

　　走进洞来,没有想象中的魔鬼,也没有蛇之类的动物,反而有很多宝石嵌在石壁上,闪烁着微光,甚是美丽。正在两人惊叹的时候,慕容含霜突然发现了不对劲,每一次呼吸后自己的大脑都会昏沉一点,似乎是这粉色雾气搞的鬼。正当慕容含霜准备去提醒潇玧儿的时候突然眼前一黑,晕了过去……

第六章　必须死一个

一旁的潇玳儿吓了一大跳,连忙蹲下查看,不论是呼唤还是摇晃,慕容含霜都没有任何反应,潇玳儿放弃了,正准备背她回学院的时候在山洞中出现了一个旋涡,随之走出了一个女子。

这女子一袭墨绿色长袍,头发整齐地盘着,大概三四十岁的样子,看着焦急的潇玳儿,挥了挥手,道:"你先把她放下,听我说,她没事。我叫情感魔主,这里是洛灵魔窟,可以说是一个历练的地方,但对于人们来说这里更像是魔鬼的老巢,你的同伴正在接受第一重历练,一起看看吧。"说罢,两人面前出现了一个光屏,闪烁了两下,一幅画面便呈现了出来。

依旧是一个山谷,但明显比天洛山谷昏暗很多,树木很是高大,还有藤蔓挂下来。尽头处有一个石窟,里面吵闹声一片,隐隐有火光闪烁。画面的一角出现了一个黑影,正走向石窟,她的脚步蹒跚,手不住颤抖着,泪水如泉涌。"为什么,为什么! 为什么我会回来! 为什么要让我再见到这两个畜生! 姐姐,是你吗? 纵使再想念你,我也不会再见他们了! 放我回去!"从开始的不可置信到最后的嘶吼,慕容含霜开始狂奔,直奔进那一石窟,只见里面一群人正在和两个孩子争吵,两个孩子都是蝙蝠,但细看会发现不同,一只的翅膀上有淡淡的红纹，另一只则是如死寂一般的漆黑。看到这一幕，慕容含霜最后一道心理防线也崩塌了，整个人瘫坐在地上，丝毫没有之前在学院里的冷厉。突然，她的余光像扫到了什么似的，一下子起身，只听那一群人中最大的两个人叫骂道："你再与那个杂种为伍，连你一起杀了也不为过！"说罢，一把匕首就向那个稍大点的女孩刺去。"不要！"伴随着凄厉的叫声，慕容含霜扑了过去，挡在了红纹翅膀女孩的身前。

　　就在匕首刺进慕容含霜身体的那一刻，时间好像静止了，周围的一切都在瞬间转化为齑粉。"那一年你的姐姐和家人是不是被一群人抢着带走了？现在我告诉你，你姐姐还活着，你们两个必死一个，你可以知道她的选择，但她不会知道你的选择，如果你们的选择不同，那就一起死！"一个幽幽的声音在这个空间中响起，听得慕容含霜娇躯一震："我们两个，必死一个吗……"

第七章　无力

　　此时的潇玧儿已经震惊了，这是什么东西？竟然能让场景重现？"这就是她心中最大的痛，那天你又何必瞒着她呢？你终究会被揭穿，你的身份是藏不住的……"情感魔主笑道。"我……我从第一次见到她就觉得和她很有缘分，似乎注定会在一起，可她是蝙蝠一族的人，我无法向她坦白，所以才出此下策……"

画面中，一切还在继续。"是的。"那个声音淡淡地回答道。"那……她一定会让自己死，两个都死了，又让谁来复仇呢？我活！为她报仇后我就自杀！"说完之后就闭上了双眼，嘴唇抿得紧紧的，泪水从眼角溢出。"或许，我俩真的必须死一个吧……"慕容含霜认命般说道，她笑了，那是苦笑，这世上最后一个对她好的人也终将因她而去，"我要等有这个实力，但复了仇，我也不活了，姐姐，在黄泉路上等我……"一瞬间，慕容含霜突然感到了无力，每一个关心她的人都将离她而去，那是何等的无力……

突然，这个空间坍塌了，像镜子碎裂一般，白光一闪，慕容含霜又出现在了山洞中，一向如坚冰一般的她此时颓然地坐在了地上，脸上的笑容未减，但却看得人心慌，那是一种没有牵挂，无力却疯狂的笑。

"你……"潇玩儿试探道。深吸一口气，慕容含霜尽力让自己平静，眼神转向情感魔主："这是真的吗？""是，但又不是。希望你不要把它变成了现实……"说罢，情感魔主一甩袖子，翻身走入虚空之中，又淡淡地飘回一句，"我是情感魔主，洞穴尽头是你们的房间，自己去找……"最后一个字说完，她也消失在空间之中。

两人愣了一下，接着就是对视一眼。潇玩儿的眼中充满了担忧,也有一丝好奇,而慕容含霜的眼神依旧呆滞,顿了三秒钟后,突然转身,向洞穴深处飞奔而去,只剩下飘在空中的泪花闪烁,然后渐渐消散在空中。

潇玣儿看蒙了,待了一会儿也追了上去,背影消失在了迷雾中……

第八章　山洞小·窝

洞窟的深处有七八个小洞,每个洞的门口都有一面薄纱,里面有一张床和一张小桌子,像一个一个小房间,看来经常会有人来历练。

潇玣儿走过两间房间,里面都没有人,第三间的纱帘被拉上了,潇玣儿又看了看其他房间,也没有人。看来慕容含霜就选了这第三间入住。

轻轻拉开纱帘,只见慕容含霜正抱着膝盖坐在床上,把头深深埋进了胸前,丝毫没有注意到潇玣儿的到来,身体一抽一抽的。潇玣儿轻声叫道:"含霜,你没事吧……我可以进来吗?"听到声音,慕容含霜吓了一跳,抬起头,泪眼蒙眬,看到是潇玣儿后就缓缓地点了点头,在潇玣儿来到她身边之前悄悄蒸干了眼中的泪水。

"今天的事你们都看见了?""嗯……这是真的吗?""是……"慕容含霜低下了头。"你可以告诉我到底发生了什么吗?""你别问……如果有一天我觉得合适,我会告诉你的。"

"那好吧,我先走了。"

……一夜无话。

洛灵学院,院长办公室。

"院长,这俩孩子看着很浮躁呀,真的没事吗?"

第九章 放下

"没事。那个凤凰族的女孩其实是光之子,光明与圣洁的传人。至于那人蝙蝠,"魏天灵的脸上少有地出现了害怕的神情,也让对面的沈骨遥心中一紧,有了猜测。"伟大且无所不能的 W 告诉我,这是他的一部分,他给我下的命令就是折磨……"沈骨遥一惊,接着又低下头去:"无上的 W 先生,您又是何苦呢? 这样……""闭嘴!"魏天灵猛然挥出一道气浪将沈骨遥拍到墙上,"主上是你能反对的吗? 我们要做的只有服从! 今天的谈话不要告诉任何人,不然……"魏天灵瞪了沈骨遥一眼,手轻轻拂过腰间的长刀……

洛灵魔窟中。"那你休息吧,我先走了。"潇玧儿实在是无语了。她想:说好的相伴五年,彼此交心呀! 我连你的身世都不知道是不是离谱了点? 算了,每个人都有自己的秘密,我也不好问到底……

很快,夜深了。石壁上的宝光弱了下来。慕容含霜洗漱完毕换好睡衣躺在床上,心中茫然。告诉她?可是谁带走了姐姐,毁了家族?可能这个家不重要,但姐姐是不可替代的,那一群人,她忘不了……

此时,洛灵学院。

"唉,你们听说了吗。最近大陆不太平呀,好像冒出来了一个什么'w',给整个天大陆整得乌烟瘴气……""小声点,万一被听见了……"几个同学围在一起,"对呀,听说有几个已经因此……"说了一半,这个同学还做了一个抹脖子的动作,一帮人立马安静了下来。

外面过去了一个星期,是处处人心惶惶,而山洞内,可怜的某只蝙蝠已经崩溃了。"啊!情感老太婆,你给我出来!就是自燃我也不干了!这哪是历练!啊……"慕容含霜每天都沉浸在回忆的痛苦中,第七天之际她终于撑不住了,不论潇玧儿怎么说也不肯起来了。

"孩子,你太容易被过去的仇恨所左右了,你为什么不能放下一切呢?化人本来就是上天给我们的一次重来的机会,又何必为此而伤身呢?"情感魔主的声音悠悠传来。

"你不能理解一个无依无靠的孤儿刚刚被救下没几年又被弃之不理,全世界都针对她时,只有两个人对她好,那两人却被抓走了的绝望。没有人看得起我,我能活下来靠的全是仇恨,也可能还有那一点找回她们的希望吧……"说到后面,房间内的声音小了下去,但很快又大了起来,"你俩爱怎么办就怎么办,这段过了再找我吧!"

日荒城(第一部)

第一章　堕者的学院

秦月妍今年十一岁,刚刚上完社会性学习的课程,在未来的五年里,她有两条路可以选。一是接着学习社会课程,二是去钻研异能,成为修武者。每个人在十岁时都会得到伴生武器,或是自己形成,或是血脉契约,也就是找一个武器与主人的血脉相连接。

秦月妍的伴生器,名为血语笛。本该天赋不错的她却不知为何无法完全掌控血语笛,只是爱用它吹吹曲子,很少有实质作用。"你成绩不行,去读社会课程吧,做个聪明的普通人。"有人是真心建议。"哼!就你?老实滚去读社会课程吧,除了脸好看,有什么用?"也有人讥讽。我难道真的不能去学异能吗?秦月妍也这样问过自己。她有些迷茫,为了复仇,她必须有强大的实力,可自己的天赋真的不好,而笛子也没什么实质作用。

很快,半年过去了,在一处林荫小路上,秦月妍身穿黑色长袍,带着面纱。她不知道自己在藏什么,可能只是不想让人看清自己的表情从而推测自己的心理吧。

最后,在异能和社会中秦月妍选择了异能。为了心中的牵挂,她不得不如此选择,不顾众人的嘲讽,她来到了很远的日荒城。这里是星宇帝国中异能学院最多的地方,秦月妍就不信没有一个学院容得下她。

可是事与愿违,两天过去了,秦月妍依旧没有找到一所学院收她。"最后一所,我还有机会吗?"风拂过脸颊,她最终喃喃自语。

"同学好呀,请问你有意报考荒中修武学院吗?"身后突然响起一个声音,吓了秦月妍一跳,一转头才发现是一个打扮邋遢的大概十六七岁的男子,正打着哈欠走来。"荒中?嗯……刚才就去过,看着也不怎么样,算了,反正我也没有选择权。"小声嘀咕着,想了一会儿秦月妍就应了下来。再差也比没人要强。

"那同学请跟我来。"又横穿了几片树林,两人来到了一处废弃小镇上。"这……"与其说是小镇,其实没几栋好房子。"你为什么选我?这是哪儿?"秦月妍心中那根紧弦动了动,冷冷问道。"因为你没天赋,也没有阳光,而荒中收留每一个无家可归的堕者。""那不是应该很温馨吗?为什么如此破败?""破败中又为何不能有情义呢?同学,你到底上不上?"那个男子有些不耐烦了,心想:这么多人,哪个不是心灰意冷?这女娃娃事真多。

"啊……"深吸了一口气,秦月妍闭上双眼,无奈地从牙缝里挤出一个字,"上!"之前奶奶留给自己的房子到还期了,哪怕只是为了宿舍和口粮也不得不上。

"最后一个问题,你是怎么知道我的背景的?""哎呀,烦死了。无所不能的院长当然知道。那栋红楼,报名处。自己去吧!"说完男子指了指右前方一栋红土楼,匆匆离开。

"堕者的学院? 在别人眼中我真的是堕者吗?"秦月妍来到红土楼,办理了入学手续,拿到了两套布衣和房卡,上面写着"女舍203",这应该就是宿舍吧。

推开陈旧的木门,"吱"的一声,一阵灰尘落下,"咳咳。还温馨呢,也不打扫一下的……"灯泡闪了几下,强撑着亮了起来,昏黄的灯光洒在屋中。房子有二十平方米,就单间来算的话已经很大了,但就老旧的设备来说这里只是纯粹的人少。一扇小窗靠墙,侧面有一张书桌,床的对角处则是一个书架,床头有一个小小的衣柜,上面是几本课本,旁边有一本手册:

入学须知

本院于每年10月1日开学,十二岁及以上可入学。

本院内除擂台上,不得打斗,使用擂台须上报老师。

本院在校五年期间提供免费住宿、饮食(三次/日)。

须在第一年找到一个导师,跟其学习五年。如没有找到则会被退学。

每年学费一百个金币,可以做任务顶替。

本学院为鼓励学生历练,规定每月须做任务达五百任务值(详情询问教务处)。

再往后就只剩一片空白,"任务?这是什么东西?明天去看看。"天色渐渐暗了下来,虫鸣声渐渐小了下去。荒中学院一盏盏昏黄的灯光也熄灭了,整个世界都进入了梦乡。

第二章 莫儿老师

"我们所在的大陆名为天大陆,有日宁和若河两个帝国,在天大陆之外还有魂大陆、洛大陆两个板块,这个你们以后……"在老师生动的课堂上,秦月妍低着头坐在座位上,泪水在眼眶打转,然后滑落,滑过脸上那很深却没有流血的爪痕。哪怕是上课,这些人也总是欺负她。"这个人可真奇怪呀,皮肤为什么是蓝的,还那么硬?""就是,这家伙每天就只知道玩那个什么木偶,听说是勾魂的。"……"啪!"一个巴掌抽在秦月妍的脸上:"你为什么不听课?"

昏黄的灯光再一次被打开。"又是这个梦……莫儿老师你到底去了哪里?两年,我挺过来了,可是答应我会回来时你有没有想过你会食言？"泪水湿润了秦月妍的眼眶,她蜷起身子,靠在床头,那木板"吱"的一声轻响,把手中抱着一个小蓝木偶的她的泪水闸门打开了。

这个蓝木偶她从小带到大,是唯一一个"亲人",哪怕它只是个摆设。关于爸爸妈妈等人的记忆自己根本没有,只有一个从未见过面的"奶奶"会给她安排好一切,可与其说是安排,倒更像是控制,不过秦月妍也很奇怪,自己这个奶奶为什么没有安排自己上异能学院。

天刚蒙蒙亮,日荒城中的一个角落中,一个黑衣人蹲在墙角,手中一个通信器在闪烁。"报告长官,计划失败。不知道为什么洛秋学院没有收她,现在目标进入了荒中学院,下一步如何……"

风轻轻吹动秦月妍的发梢,银白色的发丝飘扬在身后,依旧是那件黑袍,那幅面纱,只是兜帽被摘了下来,让整个人少了几分神秘。

"教务处……啊,在这。找个老师再了解一下任务。"手中把玩着那长至小腿的发丝,秦月妍来到了一座木楼前,仰头看着楼上那破旧的字"教务处"。

走进木楼,木质的地板"嘎嘎"地响着。"你好,同学,距离开学还有十多天呢！有什么事吗？"前台处有一个男老师,四十岁左右,整洁的衣冠和整座楼凌乱的样子格格不入,脸上带着职业性的微笑。"老师好,可以和我详细说一说任务吗?"秦月妍站在前台边,微微点头以示尊敬。

"好的。任务是指大陆内任何地方对我们所发出的请求。完成任务可以获得对应的任务分值。每月必须达到五百任务值,若连续三个月没有达到则退学。不过,我们学院被上级分配的任务较少,院内也会自己出任务,但分值较低。如果要领任务请到二楼任务厅。"那个老师道。

"那好吧。"说罢,秦月妍就转身上了楼。走到二楼大厅的柜台前,只见又是一个男老师坐在椅子上,一本《异能伴生器百科》挡住了那暗红色利落短发下的脸。"同学,还没有正式开学,暂时不发任务。"本来正在看那一个个任务木牌的秦月妍听到这个悦耳的男声后顿住了。这个声音是多么的熟悉,哪怕他只是一个普通的老师,哪怕已经过去了两年。刚入学时,所有人都因为自己的肤色和性格疏远自己,到后来别人还不和她玩,每天欺负她。秦月妍自小就没有父母,她又何尝不羡慕那些有父母的孩子,直到莫儿老师的出现……

"您是……莫儿……老师?徐莫言……对吧?"秦月妍的声音几近发抖。"嗯?你是……"对于这个女孩能认出自己的身份,红发男子似乎很惊讶。放下来手中的书,露出了看似只有二三十岁的面庞,一对柠黄色的双眼紧紧地盯着眼前这个女孩。

秦月妍凄然一笑,想起了很多。素手在脸上揉了两下,又轻轻一拂,一张人皮面具从那清秀的脸上脱落,露出了底下暗蓝色的皮肤,和戴上面具的美不同,面具下的这张脸更有一种清冷肃杀的美。"您的妍儿,找到您了。"

第三章　开学

"找到我了?是我找你吧。我们的妍儿也长大了,不再是当年那个小丫头了。"徐莫言推了推自己的单片金丝眼镜,认出了眼前这清冷少女。"我不在的两年过得怎么样,学了什么?"收拾了一下前台,徐莫言展了展身上白素的衬衣,带着秦月妍去到自己的办公室。

"嗯……还好……"秦月妍有些心虚,小声道。徐莫言看出来自己学生的犹豫,但也当没看见。"有了我,你还认别人导师吗?""那自然是莫儿老师最好……"解决了导师的问题,两人又聊了会儿空话,临出门时,徐莫言叮嘱:"还有三个星期开学,别乱跑。"

当秦月妍再次出门时脸上的面具又被揉了回去,嘴角微微扬起,一只手提着木偶,另一只手摸了摸脸。她或许已经很久没有真心地笑过了吧……

三个星期眨眼飞逝,今天是开学典礼。大家都到了小镇最东边的广场上,整天窝在宿舍里的秦月妍第一次发现这个学院有这么多人。新生有四十来个,一共有两百来个学生,对于所谓的堕者来说未免太多了。

"咳咳。同学们,安静一下,今天是10月1日,是我们荒中学院开学的日子。今日我们各个年级欢聚在此迎接学弟学妹的到来! 为这个欢喜的日子鼓掌!"稀稀落落的掌声像在敷衍这位老师,几乎所有的同学都在想心事,没几个人在认真听。"接下来是注意事项……"在老师唾沫横飞的介绍下,开学典礼接近尾声。"最后,让我们的五年级同学给新生配挂校徽。"一群十六七岁的学生排着队走过来,一个对一个地站到新生面前,每人将一枚和自己右肩上一样的徽章别在了一年级学生的右肩处。

"学长,又是你。"秦月妍又见到了那个招生的男生,有些惊诧。学长一边给秦月妍别校徽,一边答道:"是呀,真巧。对了,还没问你叫什么名字呢! 我叫渡霜,霜雪的霜。""啊,这名,有点像女的。哦,我叫秦月妍。"不知道为什么这个学长没有那么阴暗,也没有给秦月妍留下什么像他表面那样不拘小节的印象,打扮了一下还有点英俊……

"这个学长到底是谁,为什么会在这个学院? 之前招生时的表现也像装的……而且,他……好熟悉……"走回宿舍的路上,和学长的对话在秦月妍的脑中回响。

日落又日出,很快一个晚上过去了。一大早,一年级二班的十三个人来到教室,准备开启他们本学期的第一节课。"同学们好!我是你们的理论老师,唐月儿,同时也是班主任。可以叫我月儿老师或唐老师,希望能在接下来的时间里和大家成为朋友,而不是师生关系。"简短的自我介绍后,唐老师就让大家互相介绍自己:"来,一号。""白晓山,十二岁,伴生器火凤戟。"一个高壮的女生起立冷冷道。"张秋会……"后面的学生一一介绍自己。"秦月妍,十一岁,伴生器血语笛。"今天的她摘下了面纱,身后白发中带着一缕红,无风自动。

"好,今天我们先学习一下最基础的知识,选一下功法。先讲讲伴生器,伴生器的分类有三种方法,自生和契约是最基础的,和后期实力关系不大,不细说。第二种是常见的战斗型和辅助型分法,有明显直接杀伤力的是战斗型,其他的都是辅助型。最后一种分法很难区分,但是对结合的帮助很大,就是阴阳分法——死亡、水、冰、木、毒之类的属性都是阴,光明、生命、火、金等就是阳。"

血语笛在手中浮现,上面血红色的光隐在黑色外壳之下。"我应该是阴性辅助类吧……"

很快上午的课结束了。"食堂在教学室后面,我就不带队了,你们自己去。"唐月儿拍了拍身上的粉笔灰,宣布了解散。

同学们一起走出教室,可没有一个人交谈。

　　到了食堂,坐下来吃饭,秦月妍放空着自己,口中机械地咀嚼着,突然自己的手被撞了一下,让她清醒过来。"你是那个白……晓山?"

第四章　青血山洞

　　"嗯,有事吗?""呃……没有。"想了一会儿不知道说啥,秦月妍又低下头继续吃饭。"下午不上课,你有空吗?"白晓山顿了一会儿,问道。"有啊。怎么了?""和我组队做个三人任务。""可我没有攻击力,无法战斗……"秦月妍有些沮丧。"没事,你凑个数就行,没有三个人没法出任务。""那还有一个呢?""你有合适的人吗?"白晓山夹起一块鱼,又放下,看向秦月妍。"啊,对了,不同年级可以合作吗?"秦月妍的脑中竟浮现出渡霜的影子。"可以。""那五年级的渡霜?"秦月妍自己也很纳闷为什么会对渡霜有莫名的熟悉。"不认识,下午两点,你联系他?""嗯,好。"

　　"啊哟,小学妹,你让我在学院里好好睡觉不行吗？非要做任务。"渡霜一脸怨气。这是一条山间小路,疙里疙瘩的,还有很多乱石,一不小心就会被划伤。"走了一个多小时,你一个五年级的还不如我呢……"白晓山很无语,这已经是她第五次抱怨了,两个不靠谱的队友……"还有,多,多远?"秦月妍一路上没说话，从小体力就不好的她现在气息已经有些乱。"嗯……我看看，再爬两千米的山，然后再走一千米平地。加油。"说是鼓励，但白晓山的语调还是冷冷的。

"啊，终于到了。"渡霜叹着气。山顶之上有一座庙，庙门前的柱子上有三个字——傀儡寺。灰墙绿瓦，红色柱子便格外地耀眼。叩了叩门，清脆的声音在山间回荡。一位法师走了出来："各位有什么事吗，愿若宁法佛庇佑各位施主。"

若宁法佛是日宁和若河两个帝国的信仰，相传在天大陆上古时期有一位修武者，叫作若宁，他无比强大，似乎是仙人一般无所不能的存在。而这个神的结局也像神话故事里所写的那样，为了拯救天下苍生和上古魔神在大陆中心一战，牺牲自己将其封印在现今两国国界处的大裂谷中，被后人歌颂、敬仰。

"我们接到任务，来帮助你解决血魔怪的问题，还请法师带路。""原来是异能学院的高才生呀，请各位施主跟贫僧走。"一众人跟着他来到庙后的树林山洞前。"还没有自我介绍，我是这座寺院的住持，法号清凛，是一名辅助系异修灵者，这座山洞就是血魔怪的聚集地，愿若宁法佛庇佑各位平安归来。"清凛法师虔诚地为三人做了祈祷，就告别了三人，转身走向寺庙。

白晓山那凌厉的墨绿色眼眸中射出寒光，望向眼前的山洞:"那,我们进去吧。"

洞里黑漆漆的,伸手不见五指,很快一团火苗从白晓山的指尖燃起,照亮了其中的一小块地。"这里就是血魔怪的老巢?"渡霜左看看右看看,十分好奇。"小心一点。"白晓山虽然勇敢,但是也很谨慎。"怕什么,你们还没学,修灵者分为三个大境界,灵师、灵豁、灵仙。每个大境界又分为初期、中期、后期、巅峰四个小境界,我可是灵师巅峰,一个一年级的都敢接的任务我一个五年级的怕什么。""呃……"白晓山很无语,"那你自己看着办吧。"

两人说话之际却没有发现秦月妍已经不见了。"等一下,她去哪儿了?"白晓山率先发现了不对。"诶,对呀,小学妹呢?"渡霜急了,"千万不能出事呀!院长交代过了,千万不能出事!"声音未散,他已经向洞穴深处走去。"呃……他好像刚说过不会出事的……"白晓山无语,也跟了过去。

"小学妹,小学妹!"没有回应……渡霜就加快脚步向着洞穴深处跑去。

时间退回到三分钟前,秦月妍默默地听着两个人讲话,突然感觉心口一闷,有一股力量让她不由自主地向着洞穴深处走去。她越走越快,渐渐地跑了起来……在一个岔路口停下了,喘着粗气,她不知道刚刚为什么都无法控制自己。"欢迎来到青血山洞!"一个低沉且空灵的声音在秦月妍心中缓缓响起。"谁!"秦月妍冷静下来后,紧张随之赶上。

第五章　唤醒与封印

"小学妹,是你吗?"正思索着,身后传来了渡霜焦急的声音。"渡霜师兄,呃……对不起,跑远了……"秦月妍吓了一跳,很快反应过来,赶忙道歉,思量片刻还是没有把那个声音和自己失控的事说出来。"啊,原来你在这儿呀,吓死我了,下次再乱跑打死你!"渡霜这次是真的慌了,好好检查了一遍秦月妍才放下心来。

白晓山这时才引着手指上那团火光走来,见已找到秦月妍就催促着一行人赶紧走。"那个,晓山学妹啊,你知道走哪条路吗?"渡霜见白晓山不耐烦了就故意噎她。白晓山还没有反应,秦月妍先开了口:"走最右边,别问为什么,信我就走,不信算了。"说罢就急不可待地跑向那个方向。

"那种感觉又出来了,到底是什么在引导我……"秦月妍心中默默道。"哎哟,怎么又跑了,烦死了!"渡霜虽然嘴上抱怨着,但腿很诚实,还是追了上去。

渡霜追上秦月妍,还没开口就听到一声低吼。虽然渡霜自己不怕,但还是秉着坚决完成院长任务的想法提醒着小学妹,秦月妍却像着了魔似的不顾一切往前冲去。无奈渡霜只能打出一道道冰锥为其开路。

"啊!"秦月妍倒在地上,抱着头,汗水一滴一滴落在石地上,但很快又被地表升上来的温度蒸发。渡霜还没来得及反应,秦月妍就晕了过去。渡霜放开手中还未凝成的冰锥,任由其落在地上化成一摊水,背起秦月妍,另一只手抄起还没反应过来的白晓山就向着洞外跑去。

他很清楚,虽然对于他来说这点温度短时间内还造成不了多大的伤害,但是按照这个升温速度用不了多久就会达到一百五十摄氏度,让渡霜不顾一切带人离开的最主要的原因还是他对于危险的感知。

走出山洞,树叶沙沙地响着。虽然烈日炎炎,但刚刚从高温环境中出来的三人感到一阵凉爽,渡霜心悸的感觉渐渐消散,他长吁一口气,感受到手里白晓山无力的挣扎时,才想起自己还抓着个人呢。

"对不起啊晓山学妹,呃……"渡霜很是尴尬。"没事。"白晓山狠狠地瞪了渡霜一眼,看在对方是为了救人也就没有多责怪。

"话说白晓山,你接的是什么任务啊,怎么会有这样的情况?"寺院里诵经声不断,那位自称住持的清凛法师也没有再出现。一间小小的草屋之内,只有一个打杂的小和尚,看见这几个学生,赶着他们下山。

"不知道,我看是有打斗的任务,还专门问过那个红发老师呢，他说有三个人完全能完成啊。"白晓山缓缓地收拾着东西，没有再抬头看渡霜。

"哎，你们几个好了没，没活干就不要在这里待着了，快下山吧。"小和尚看到这几人动作慢吞吞的，心里顿时上来了火气。

啄木鸟和玫瑰花

　　有一只善良的啄木鸟,她全身呈深蓝色,翅膀和尾巴是黄色的。她不仅漂亮,还很富有,有一座很大的宫殿,墙壁上面镶嵌着钻石,窗帘用金丝绸缎制成,有许多仆人为她服务着。可是啄木鸟还是不开心,原来是因为她缺少一个孩子陪伴她。

　　有一天,她独自去小河边散步,又自言自语起来:"我真想有一个女儿,每天陪伴我。"这句话正好被路旁的一朵魔法玫瑰听见了,他说:"我可以实现你的愿望,但你得杀死你所有的仆人,把我插在其中一个人的头上……"

　　"如果是这样,那我太残忍了,我宁可不要女儿也不会答应的。"说着,她就把这朵玫瑰摘了下来,这朵花很快枯萎,一命呜呼了。她这才知道,原来这朵花里住了一个魔王。只要有人肯答应他,并按他的要求做,这个魔王就会出现。

　　在一个天寒地冻、大雪纷飞的日子里,这件事被天神知道了。他很感动,便给了啄木鸟永生的机会,还告诉她,一百年后她会有一个女儿永远陪伴她。啄木鸟很开心,从此她更加善良了。

　　　　　　　　　　　　　　　　　三年级寒假作文

老 屋

　　"等等,老屋!"一个小小的声音在它门前响起,"再等一天,行吗? 有老鹰要追我,我找不到一个安心吃饭的地方。"

　　老屋眯着眼睛往前凑:"哦,是小白兔啊! 好吧,我就再站一天。"

　　第二天,老鹰走了。小白兔从门上的破洞跳了出来:"叽叽,谢谢。"

　　老屋说:"再见! 好了,我到了倒下的时候了。"

三年级小练笔

图形的故事

从前,有一个图形世界,其中,图形小分队的三姐妹最有名了,她们分别是三角形小黄、正方形小红和平行四边形小绿。

有一天,她们发生了争吵,都想把对方变成自己。在她们争吵时,一个老人走来,请图形小分队帮忙重建风雨后的"小数城"。

第一步当然是盖房子,小数工人们正在思考用什么形状来盖房顶。小绿自告奋勇地说:"我来我来,我最好看!""我才好呢!"小红说。小黄摆摆手,说:"我又好看又结实,不信,你们试试!"小数工人们一试,三个人一起拉都不会散架!于是小黄用分身术做了许多黄色屋顶,又美观又结实。

接着是围墙。小黄高兴地说:"我最结实,用我!""不行,这次得用你小红姐了,她和姐妹们(长、正方形)勾肩搭背,可以密不透风。这回,得委屈你了!"0.1国王说。小红得意地扬了扬头,也用分身术做了一道红色的城墙,没有一点松动。

小绿说:"没有城门,我来做吧!我美观,也易变形!可以做伸缩门。"说完,就变出一道伸缩门来。

三姐妹懂得了她们各有各的长处,开始更卖力地为大家服务,成为图形世界的骄傲!

三年级寒假作文

小灵通漫游未来

　　从前,有一个小孩叫小灵通,他很调皮,因此老师经常把他关进小黑屋。

　　有一天,小灵通正在小黑屋里哭泣,一只巨大的神鹰啄破窗户飞了进来,抓起他就要飞走,小灵通吓得大叫:"你是谁,为什么要抓我?"这时神鹰突然开口说话了:"我是时间神鹰,让我带你去看看未来。"说完就飞走了。

　　不知飞了多久,时间神鹰在一座房子前停了下来。"这就是你未来的家,没人能看见你,进去吧。"说完就飞走了。

　　小灵通看见屋里的情景时吓呆了,未来的他正在哭泣:"妈妈,妈妈,求您别离开我和这个世界!"在床上奄奄一息的妈妈旁边还有一张字条:

　　亲爱的小灵通:你之前太调皮了,我被气出病来了,抱歉了,我要离开这个世界了。——妈妈

　　小灵通看完后,想起有一次自己把妈妈的钻戒弄丢了,害得她找来找去。还有好几次写作业太拖拉,过了半个小时他还在削笔。他是多么的后悔呀!

　　时间神鹰又来了,把他带回了家。他决定不再淘气了,他要做一个好孩子,不能让这件事发生。老师和小灵通的妈

妈都很奇怪,为什么小灵通突然变得这么乖,她们以后也不会知道,因为小灵通和时间神鹰说好这件事不能告诉别人。

三年级寒假作文

玫瑰花

　　当夜幕降临,你熟睡时,一群一群的花朵从无人知道的地方突然跑出来,在小河边嬉戏,舞蹈。

　　小河缓缓地流着,十分宁静。这时草地上突然热闹起来。原来呀,今天是热情的玫瑰花出来了。一朵玫瑰花对另一朵说:"我们可是等了很久,都快一个月了,才等到今天,一定要好好地玩一回。"大家于是嬉笑玩闹起来。就在这时,一只心肠很坏的猫头鹰趁机踢了一下玫瑰花女王。"啊!"玫瑰花女王还没来得及说话,就掉进了水里。大家一起想办法救女王。有一朵很小的玫瑰花发言了:"我们放一根绳子下去?""那绳子浮起来怎么办?"有一朵玫瑰花反驳道。"在上面绑一块石头就行了!"大家找了一条绳子又绑上一块石头放下了水。挣扎的女王看见了一条绳子,急中生智抓住了它。大家一起往后拉,女王得救了。

　　这时公鸡打鸣了。花朵们说:"虽然我们没有好好地玩,但把女王救回来也总算安心了……"话还没说完,花朵们就消失了……

三年级小练笔

会飞的母鸡

从前,有一只母鸡,叫丽丽。她和别的母鸡一样,每天在窝里下蛋,睡觉。有一天,丽丽突发奇想:要是我会飞的话,一定很有趣! 突然,天暗了下来,一道闪电劈向她,她的翅膀变得越来越大,她飞了起来!

丽丽高兴极了,可还没飞多远,就差点掉下来。她又摇摇晃晃地飞了一会儿,一个鸡蛋掉了下去。丽丽这才意识到,不能一直飞下去,得赶快做窝! 于是找来燕子,说:"燕子,燕子,你心灵手巧,能教我做窝吗?"燕子想了想,点头答应了。燕子把树枝卡在房檐上,丽丽也学燕子的样子把树枝卡在房檐上,可等她找来第二根,第一根已经被风吹得无影无踪了。就这样,丽丽试了一次又一次,始终没有成功。丽丽泄气了:"我还是先学别的吧!"丽丽又一次起飞了。

这时,她感觉有点饿。以前,农场主会拿来金灿灿的小米粒,而现在只能自己捉虫吃了。丽丽找到了一条虫,可她飞得不好,十分慢,响声也很大,等她下去了,虫子都钻地下去了。

丽丽伤心极了,希望能变回来。又一阵电闪雷劈后,丽丽变了回来。她回去和伙伴们相聚了,大家脸上都露出了笑容。

三年级小练笔

龟兔赛跑

　　从前有一只兔子叫贝贝,自从两年前和乌龟西西比赛跑步输了之后,她一直耿耿于怀。现在,她又不甘心了,又给乌龟西西送战书了!

　　西西看到战书,也不着急:我一定不是她的对手。要是我能成功地让贝贝改改她那骄傲自大的毛病,我就是输了也甘心。

　　两日之后,她们来到了森林大道,严阵以待。"预备——跑!"小猴一声令下,贝贝飞一般地冲了出去,而西西还在后面慢慢地爬。一旁的观众一看这阵势,觉得贝贝肯定会赢,不住地为贝贝加油。西西并不生气,心想:贝贝又要开小差了,她可不一定会赢。

　　不过,这回贝贝可没有开小差,而是一直冲向终点,树上、路旁"贝贝加油!""贝贝必胜!"的口号此起彼伏。可惜,天有不测风云。在离终点只有一百米的时候,贝贝掉进了猎人的陷阱里。她用力扑腾,用爪子抓着洞壁,用她练了三年的"弹跳神功"试着逃脱。可是这个洞太深了,贝贝丧气了,心情落到了谷底:唉,这回不光输了比赛,还掉进了陷阱。贝贝的眼中露出绝望的神色,眼泪夺眶而出。

　　绝望时，总有人会帮你。正好西西在森林里被称为智多星，正迈着小短腿，匆匆地往前"跑"。听到贝贝的呼救声，马上伸头去看。只见贝贝满身是泥，爪子抓洞壁抓出了血，还有一条腿受了伤，正可怜巴巴地看着西西，这怎能不叫人心疼呢？西西相信，办法总比困难多，她觉得麻绳可靠。西西让贝贝把绳子绑在腰上，然后大家用力拉，大家一个接着一个，汗都快流成河了。功夫不负有心人，一个"灰色"的贝贝被拉上来了。

　　贝贝上来了，但她又哭了。不过，这是感动的泪水。她明白了友谊是无价的。

四年级小练笔

蜗牛快递员

这天,蜗牛阿慢又要去送快递了。阿慢边跑边想,有什么办法让我变快吗? 晚上阿慢问大象老板:"请问您有什么办法让我变快吗?""这是一个秘密,只要你翻过九十九座山,渡过九十九条河就行了。"大象老板神秘地说。阿慢点了点头便出发了。

阿慢一路上渴了就喝点露水,饿了就吃点草叶。他历尽了千辛万苦,终于到了。山脚下的巫婆被感动了,就让他进屋休息,并教了他如何一边送快递一边做东西,还让他喝了一种药,使他的速度比之前快了十倍。

巫婆对阿慢说:"孩子,这功夫要练九九八十一天,你能坚持吗?""能!"阿慢坚定地说。之后,他就开始练习了。

阿慢在这八十一天里一直坚持,对错误虚心改正,很快就熟练了。

大象老板很佩服阿慢坚持不懈的精神,也对他的功夫很满意。从此阿慢深受大象老板的喜爱,成为公司里业务量最大、服务最好的快递员。

三年级寒假作文

舍不得丢掉的作文本

第一次开船

今天我们假日小队的五个小伙伴一起去西湖边参观苏东坡纪念馆,参观结束后我们就到雷峰塔下划船去了。

划船的人可真多啊,我们排了好一会儿队才等到船。这条船有一点像以前的乌篷船,不同之处在于这条船是一条"电瓶船",它是靠电力发动的,我们不用划,只要控制方向就可以了。看似简单,开起来就没那么容易了。我好不容易才把挡位、前后弄清,可是,又发现方向不对了。终于,我可以顺利地驾驶船了。这才发现,自己早已满头大汗,这是我第一次开船啊!

等把船开到了湖心,我已经很放松了。环顾四周,雷峰塔在山水中熠熠生辉,湖面上波光粼粼,阳光照下来,水面上泛起一丝金光。我终于明白了,这就是苏东坡笔下的"水光潋滟晴方好"。这时,我听见身后一阵喧闹,原来后面的男生铆足了劲想要追上我们,我赶紧把住方向,干着急,却没办法,因为船只有方向盘,没有"油门"。这时,坐在后面的妈妈说:"不着急,动力是一样的。船的速度取决于船上人的重量。"我这才从惬意和慌乱中分别回过神来,想起来妈妈也一起坐在船上。我一想,妈妈说的有道理,我们船上的人体重明显小于他们,只要保持方向不变,他们一定追不上。果然,不一会儿,我们就摆脱了他们。这次划船之旅又刺激又好玩,还让我学到了知识。

三年级暑假作文

我的名字

　　我的名字叫张启莘，这个名字是爸爸苦思冥想，想了一个多月才想好的。爸爸给我预想了很多名字，例如：张米若，像镜子；张小米，叫起来像是爸爸晓字辈的兄弟姐妹……最后选中了张启莘。

　　张是我的姓，这没什么可多说的，我爸爸姓张，我爷爷姓张，我爷爷的爸爸还姓张。

　　启是由一个户和一个口组成的。户的意思是房子，口的意思是吃饭。爸爸想要我有吃有住。

　　莘的意思是修长，"鱼在在藻，有莘其尾"——《诗经·小雅·鱼藻》；是众多，"莘莘征夫"——《国语·晋语》；是激荡，"莘莘将将"——枚乘《七发》；是一味中草药，具有解表散寒、祛风止痛、通窍、温肺化饮的功效。

　　最常见的当然是"莘莘学子"啦。我问爸爸："莘莘学子是什么意思？""莘莘学子就是很多很多好好学习、天天向上的孩子。爸爸希望你热爱学习。"爸爸说。

　　莘还像一个跳舞的女子亭亭玉立，爸爸想让我文雅。

　　爸爸把所有美好的寓意，都寄托进了我的名字里。我喜欢我的名字。

三年级课堂作文

我 最 喜 欢 的 玩 具

　　我家的玩具有很多,软绵绵的洋娃娃、轻巧的竹蜻蜓,还有漂亮的芭比娃娃。其中,我最喜欢的是小企鹅。

　　它非常可爱,有一双明亮的眼睛,黄澄澄的小嘴巴,雪白的肚皮和黑色的后背。如果我想让它变胖,我就按它的头;想让它变瘦,就拉它的头和脚。

　　我不开心的时候,它就用那双小小的眼睛看着我,仿佛在说:"发生什么了? 怎么了?"我总是会默默回答它。

　　我很喜欢我的小企鹅。

二年级课堂作文

猜猜她是谁

　　她的头发有点短,但乌黑发亮,像瀑布似的,经常扎两个马尾。她的眼睛非常大,像两颗美丽的珍珠。眉毛却很少。额头光光的,有几缕头发在上面。她喜欢做手工,一做就是几个小时,也很乐于助人。有几回,我被鲍劲霖追,大声呼叫:"救命!"别人都视而不见,只有她冲过来帮我摆脱困境。

　　她很爱看书。下课时,外面吵吵闹闹的,同学都在玩耍,可她却在不知疲倦地看书。她很爱笑,有一回我给她讲了个小小的笑话,她就笑得上气不接下气。

　　这就是我的好朋友,邹一晗。

三年级小练笔

距离

　　暑假已经过去一半了，我该回去看外婆了。我们坐飞机回去，山西太原距离杭州有大约一千三百千米，而飞机的速度大约是八百千米每小时，我们要飞一个半小时。火车每小时只能开二百千米，要六个半小时。汽车每小时只能行驶一百千米，一刻不停需要行驶十三个小时。

　　我们到了机场，人山人海，安检好，就到登机口准备登机。

　　飞机起飞了，过了一会儿，我看到飞机屏幕上显示现在速度是八百一十千米每小时。过了一会儿，我又猜想：已到达平流层，离地多少米呢？我问妈妈，妈妈说："平流层大约离地八千米吧！"八千米，这么高！又过了一会儿，我们降落了，又走了一百千米才到了家。

　　生活中，数字真是无处不在，我都有点晕，真好，我回到了温暖的家。

三年级小练笔

检　讨

　　校园是一个大花园,里面有各种各样的花朵,喜、怒、悲、惧,都是里面小小的一员。校园是一个大花园,我们就是花草树木、小动物啦! 老师便是照顾我们的园丁。

　　大家在学校一起学习、玩耍。上课时,老师细心地教我们知识,回答我们的问题。下课了,老师给我们布置作业,同学们玩着游戏,快乐极了。

　　可是就是在昨天,我遇到了一些不愉快的事。老师在黑板上写下了今天的数学作业:大本p79、80。可是,马上就要上课了,如果现在不抄,就没有时间了。我的脑子里一片混乱,在慌乱之中,我在家校联系本上记下来"大本p79"。"丁零零——"上课铃响了,我便去上课了。那天晚上,我没有太注意白天发生的事情,毫不犹豫地按照家校联系本上写的"大本p79",只写了一页。第二天交作业时,我才发现,我在家校联系本上记错了! 可是早上也补不完啊! 我忐忑不安地把作业交了上去,心里打起鼓来。吕老师会不会发现呢? 如果发现了,又会如何处罚我呢? 就这样,我怀着不安的心情上完了三节课,吃完了午饭。终于,我最怕的事情来了,被老师发现了! 我和几个和我一样家校联系本上没抄全的人一起迈着沉重的步伐来到了老师的办公室,准备接受训斥。老师对我们再三追问,发现我们都是因为偷懒,家校练习本上抄错了才少做的。老师训斥了我们,也教育我们做人要脚踏实地,不能偷懒。

没错,我看过一篇文章,里面写着一句话:"人一旦被懒惰支配,他就一无所成……"

老师,谢谢您的关心,您的严厉是对我们的爱,您的教导自然就是我们知识的源头。您每天对我们如此关心,又批作业到深夜,可是我们还是惹您生气了,太不应该了。希望您能原谅!

三年级小练笔

我学会了做土豆比萨

　　早饭时间到,妈妈说今天吃土豆比萨!我兴奋地说:"我来做,我来做!"妈妈点了点头。她准备了一个大土豆,一些煮过的毛豆,还有胡萝卜、小芝士。

　　有趣的制作开始了!妈妈先把土豆切成片,我把各种菜放到一起,红的、绿的、黄的,真好看,缤纷的色彩让人胃口大开。等我把菜放好,又放了一层芝士。可芝士像一个调皮的小孩子,就不到"土豆山"上去。真调皮!我生气极了。妈妈教了我一个好办法:把芝士先弄碎再放上去。我试了试,效果好极了!

　　该放进烤箱里了,妈妈调好温度后把土豆比萨放了进去。芝士化了,看上去诱人极了。等了又等,我跑去问妈妈,她说:"土豆太厚了,还不熟!"我们又等了好久。终于,比萨好了,我好兴奋。当我吃下第一口时,我怀里的"小兔子"跳个不停,好像它也想知道好不好吃!一口咬下去,味道还可以,只不过土豆太厚了。我们吸取了教训:土豆要薄,芝士要多放,这样才好吃!

　　真高兴,我又学会了做一种美食!

三年级小练笔

美味的比萨

有一天,我突然很想吃比萨,我告诉了妈妈,妈妈悄悄对我说:"其实,我也想吃比萨!"于是我们开始做比萨了。

比萨之旅开始啦!我帮妈妈称好所有的材料,妈妈把他们放进一个大盆里,又放到和面机里和面、发酵。发好了,妈妈把它做成一个大饼,在上面抹上了厚厚的番茄酱,又在上面撒上一条条金黄的奶酪,然后对我说:"帮我把火腿切成丁,青椒也是。"我点了点头,开始工作。不一会儿我就满头大汗,可是还没切完一条。这时,我想出了一个好办法:把火腿叠在一起,这样快多了!

妈妈把火腿先放上去,又放了一层奶酪,再放上青椒,上面也放了一层奶酪。最后放了两片完整的火腿,一起放进了烤箱……

漫长的等待开始了,我站在烤箱前焦急地看着。比萨一点一点鼓起来,奶酪一点一点融化,我心想:时间怎么这么慢啊!我实在等不及了,便出去玩了起来。突然,一阵香味传来,我飞奔到烤箱前,叮的一声,比萨烤好啦,我开心地跳了起来,迫不及待地让妈妈拿出来切开吃!

自己做的比萨真好吃!虽然做得很辛苦,但吃到这么美味的比萨就不觉得辛苦了!

三年级小练笔

会游泳的鸡蛋

　　鸡蛋也会游泳？我从来没有听说过！为了验证一下，我决定做一个小实验。实验之前，妈妈让我准备了两杯无色水、一个勺子、一根筷子、食用盐、两个鸡蛋和一杯彩色的水。

　　实验开始了，我兴奋地搓了搓手！首先，把鸡蛋放进第一杯无色水里，鸡蛋沉了下去。我又拿出另一杯无色水，用勺子小心地加了一勺盐进去。妈妈微笑着告诉我："不要怕，我们可是要让水里的盐溶解到饱和程度呢！"我胆子大了一些，又放了三勺盐进去，用筷子搅了搅，发现杯底有白色的结晶，我知道，这代表着水里的盐已经不能再溶解了。然后我把另一个鸡蛋放进了饱和的盐水里，心想：鸡蛋怎么能浮起来呢？只见鸡蛋像一个游泳高手一样潜下去，又用一秒钟的时间浮了起来，我高兴地拍手叫好！妈妈又问："怎么样让鸡蛋悬浮在水中呢？"我想了想，拿出那杯彩色的水，用筷子引流，慢慢倒入盐水上层，通过颜色可以判断，水分层了，鸡蛋真的悬浮在彩色水层和盐水层中间了！

　　原来，鸡蛋的密度比水大，所以第一个杯子里的鸡蛋沉了下去，而盐水的密度比鸡蛋大，另一杯无色水中的鸡蛋自然就浮了上来，当我把彩色的水加进去以后，上面的水层里没有盐,密度比鸡蛋小,所以鸡蛋就悬在了两层中间!

　　突然,我又产生了一个疑问:煮熟的鸡蛋在盐水里会浮起来吗? 一场精彩的实验之旅又要开始啦……

三年级小练笔

三八妇女节

来历：三八妇女节是人们为了庆祝女性在经济、政治及社会等领域做出的重要贡献和取得的巨大成就而设立的节日。这个节日和众多国家的文化都有融合，所以是一个国际性的节日。

杰出女性：屠呦呦，汉族，中共党员，药学家。1930年出生，1951年考入北京大学，学习生药学专业。她多年从事中西药结合研究，突出贡献是创制新型抗疟药青蒿素和双氢青蒿素。屠呦呦在2015年以85岁高龄获得诺贝尔生理学或医学奖，她是第一位获此奖项的中国本土科学家。

屠呦呦是我国最杰出的女性之一，我们要学习她坚持不懈的精神。

节日祝福：妈妈，您辛苦了，每天洗衣服做饭，还要上班，以后我会尽量不给您添麻烦，多帮您做家务！

三年级小练笔

毕业啦

　　昨天我从英语班毕业啦！从K3升到了S1,我们举行了盛大的毕业典礼,复习了一年所学的知识。有如何用英文表达加减乘除,有美元的初步认识,还学会了森林、海洋、沙漠等地带的名称……又唱了一首歌,叫《野兽》。然后就是我们最喜欢的部分:送礼物。女孩子的是各种各样的"房子",以描写春天的词语命名:有的叫春暖花开,有的叫春光明媚,我的叫春色满园。大家欢声笑语,热闹非凡。快乐的K3结束了,S1是一个新的开始,又会有什么新鲜事在等我呢？

三年级小练笔

失而复得的手

一天，明明起床了，妈妈叫他穿衣服，可明明要妈妈帮他穿，妈妈很是不高兴："你都八岁了，还要我帮你穿？"

明明边穿衣服边想：若手消失了，我不就什么也不用做了吗？这时他感到天昏地暗，头晕眼花……一阵狂风过后，一个女巫从天而降："我已经让你的手消失了，你的愿望实现了。"说完便消失不见了。明明低头一看，呀，只剩下两个空空的袖筒了。他吓得哭了起来，可妈妈什么也没说，笑了笑便走了。明明转念一想，也好，这样他就什么也不用做了。

这时他看见一盒巧克力，放在高高的书架上，他两眼冒光，口水直流，就想搬来凳子踩上去。他来到阳台，找到凳子，却想起自己没有手，只能用脚踢着凳子一步步慢慢地走。可走得脚都痛了，还没有到。终于到了，可明明怎么也上不去，用尽全身的力气，终于上去了。可没有手是拿不到的。

他十分后悔，大哭起来："女巫姐姐，请把手还给我吧，我以后自己的事一定自己干！"一阵大风过后，明明发现自己的手又回来了，高兴得跳了起来。

三年级小练笔

小书虫张若丹

　　我的好朋友张若丹长着小小的眼睛，像一面镜子，别看她的眼睛小，那眼睛可是会说话呢！

　　张若丹很爱看书，看的时候也很认真。有一次下课我去找她，她正聚精会神看书呢，似乎连我在她旁边都没发现，直到我把书从她手中抽出她才反应过来。她的小眼睛骨碌碌地转着，似乎在策划着什么。果然，不出所料，她顽皮地笑了笑，说："把你的《一千零一夜》借给我看看呗！""好吧。"我有些反应不过来，我还以为她是在策划游戏呢！我回到座位上，把书递给了她。

　　正如高尔基所说："书是人类进步的阶梯。"有一次，老师提了一个很难的问题，只有她一个人举手，而且回答对了。她告诉我这就是书本的力量。从今以后我也要多看书，多积累。

　　　　　　　　　　　　　　三年级小练笔

小暖男

　　我的弟弟瘦瘦小小的，长着小眼睛，不浓不淡的眉毛坐在那小小的眼睛上，可爱极了！我认为"小暖男"这个名字最适合他了！

　　他总能让我们开心起来！有一次，家里的氛围有些沉闷，妈妈在忙着改论文，而我因为考试没考好在一旁低着头，沉默不语，弟弟则在客厅里自己玩。过了一会儿，我听见一阵脚步声。果然，弟弟抱着他的陀螺夹子跑了进来，脸涨得通红，像苹果一样。他大声说道："妈妈，我知道为什么陀螺夹子能让陀螺转起来了，因为有齿轮！"寂寞被打破了，妈妈看着弟弟那天真可爱的样子，所有的烦恼好像都跑掉了。我也笑了，因为我最爱的弟弟发现了一个我都不知道的秘密。

　　当我不开心的时候，他会对我说："别难过了。我们一起去玩，好吗？"当妈妈批评我时，他对妈妈说："别批评姐姐了，她会改正的。"那时我心里好受多了。

　　总之，不管发生了什么，只要看到他那灿烂的笑脸，我就能开心起来。

　　　　　　　　　　　　　　　　　　　　三年级小练笔

灵活的胖子

大家好,我是胖胖,一只可爱的大熊猫。我有一个大家族,一起来看看吧!

我们长得很可爱!我有两只小小的耳朵,穿着黑白相间的衬衫,尾巴小小的,短短的,和兔妹妹的相似极了!我有两个"黑眼圈",它们让我看起来好像怎么也睡不醒。最令我惊奇的,是我们为了吃竹子,进化出了第六根手指。

我们熊猫最爱吃竹子了,一只成年熊猫一天能吃掉三十千克竹子呢!我当然也爱吃。有一次,我正在树上晒太阳,就听见一阵哗啦哗啦的竹叶子声,我像坐滑梯一样滑下来,飞快地跑去吃竹子了。等津津有味地吃完,我看别的熊猫还有,就一把抢过来吃掉了。

我们不但爱吃,还很爱玩。我们可是"灵活的胖子",比如爬树,除了猴哥哥和猫姐姐,谁也比不过我们!别看我们胖,我们能挤到很小很小的空间里,在那儿捉迷藏。

我听说邻居家有小宝宝了呢,据说,他们只有一百克,就是我的一千分之一!

怎么样,我的生活有趣吧!如果你们喜欢,就来看看我吧。

三年级小练笔

美丽的西湖

在杭州,有一个十分美丽的湖——西湖。在外国,你说杭州,人们可能不知道,但当你说到西湖,人们马上就知道这是哪了。

春天,湖面十分平静,像一面没有打磨过的镜子,偶尔有一只小船在上面摇荡。柳树在湖边梳理着自己长长的头发。

炎热的夏天来了,人们挤在凉亭里,看那十分娇嫩的荷花和碧绿的荷叶,小孩子们拿着小面包喂在水里畅游的小鱼。

不知不觉中,秋天来了。落叶漫天飞舞,十分美丽。这时候人们都划着小船在湖上游玩,看风景。

冬天,许多花都枯了,冬爷爷给大地披上了一层银装,这件衣服踩上去咯吱咯吱地响。

西湖一年四季景色诱人,不管什么时候去,我都一样喜欢它。

三年级小练笔

郁金香

郁金香已经开了不少了,叶子长得十分茂盛,花朵从叶子中间冒出来。有的害羞地露出小脸,有的绽开裙子跳起了舞,有的还是花苞,里面的花急着想出来呢。

三年级小练笔

三年级作文本家长批注

孩子的作文本,没有一本被丢掉。

每到年末,我们家长会把孩子们一学期的习作整理集结。这件事情,已经做了整整三年。这三年来,孩子们的进步很大,从能够握紧一支小笔、学习一撇一捺开始,到如今已经或能完整叙事,或水墨般刻画自然,以自己的眼睛和心灵为触角,探索或陌生或熟悉的美好境界。

我想说,你们长大了,孩子们。我知道,你们已经能够认真地对待人及记录生活。我清楚,我这样说是冷静和克制的,并没有因为我们是家长而你们恰好是我们的孩子就格外褒扬,我保证。

在孩子们的书写里,我掌握了"的""地""得"的用法,这曾是我年少时光里的恐惧与困顿。不仅如此,我还学会了人物对话的描写,跌宕起伏的情节设计和构思,怎么开头又怎么结尾。坦率地说,我到了大学三年级还没有完全具备这样的本领。

我还认识了孩子们的篮球教练、猫、百合、月季、玫瑰、银桂、柚子、梨、橙、枣、菊、石榴、昙花、含羞草……花谢花开、潮来潮去,四季在孩子们的笔下像一幅画卷徐徐展开,我看到苍山绵延,听到波涛汹涌。我的足迹跟着孩子们到过西安、庆元、西湖。我跟着孩子们的笔学会了游泳、骑自行车、溜冰,我感受到风的自由。还有,我读到诚实、坚强、友谊。我的情感跟着你们强烈地共鸣、深深地感动。你们给了我一把把开启生命曼妙风景的神秘钥匙,让我得以感受到在现实中我们这些大人在许多时刻曾忽略的完整美好的世界。

能跟孩子们共同成长,是多么幸福的一件事啊。已知的、未知的,已经的、未经的,最初的、最终的,遗忘的、难忘的。借助孩子们的小手和笔墨,我们的小日子,就这样一点点镌刻进美好的时光里。无畏,寂静,欢喜。

我们也有收获的喜悦,有孩子获得了省青少年文学之星大赛一等奖、二等奖、三等奖。每个人心中埋下的一颗小小的种子,都会茁壮成长为参天大树。

舍得,舍不得。又是一年过去了。不管多忙,生活多苦,有机会读到孩子们的字,真好。读孩子们的文字,对我来说始终是巨大的喜悦，唯有喜悦是任何时代和任何人都无法夺走的。谢谢你们给我们的这一切，孩子们。我爱你们的文字，爱着你们。

张晓飞

2019 年 12 月 12 日

演讲比赛

　　今天的语文课大家都非常兴奋,因为准备已久的演讲比赛马上开始。

　　伴随着上课铃,同学们都安静下来,齐齐地望着语文老师。老师微笑着点了点头,看着我们:"你们哪一组先来呀?"这下十二个组"炸了窝",有的组还在做最后一次排练,有的组商量着要不要加动作,只有小查同学的组看似胜券在握。小管同学站起身来,手举得高高的,像一只看到食物的猴子般兴奋。老师拍了三下手,环视全班同学,看到小管同学最积极,便请了小管、小查、小杨这一组上台。众人用期待又好奇的目光看着三人,等待着演讲开始。

　　台下安静下来,小查一挥手,小杨同学便开始了演讲:"我们的祖国……"到了衔接部分,小管同学非常流利地跟上,声音雄浑,好似一头雄狮,宣扬着自己对祖国的热爱。接下来轮到小查,一向调皮的他此时也站得笔直,大声地倡导爱国,并告诉我们如何正确爱国。

　　第一组演讲结束,台下响起一阵雷鸣般的掌声。同学们纷纷议论:"小查同学讲得……""小管讲得真好!"老师让我们进行了评分。

很快,十二个组的排名出来了,小鲍的组得了第一名,小查组得第二,这次演讲让我们收获了自信和团结。

四年级课堂作文

熊爸爸

　　爸爸个子高,眼睛大,力气也不小,活像一只大熊。有一次我们从外婆家回来时有五个行李箱,爸爸大手一挥,让妈妈带着我和弟弟走,自己不费吹灰之力把五个行李箱都拿上了。还有一次,我不想弹琴,爸爸非要我弹琴,见我坐着不动,就突然把我抱起来,放到琴凳上,我还没弄清发生了什么,就坐到钢琴前了。爸爸哈哈一笑,我也哭笑不得,也只好弹琴了。

四年级课堂作文

我的乐园

　　我家旁边有一片小竹林，它是带给我快乐的地方。每天，我都会深情地望着窗前的小竹林，那便是我的乐园。

　　一株株高大挺拔的竹子好像一个个笔挺的士兵，守护着竹林。往里走，仔细一看，一根根可爱的小笋芽戴上了斗笠，探出头来。每当春天带走了寒冬，花儿就从土里探出身子，随风起舞。林子中间有一个小池塘。每到夏天，池塘里的"红裙"就随着微风舞蹈，池塘也撑起了"绿伞"，为荷花伴舞……

　　在我最爱的小竹林里，我可以和小伙伴捉迷藏、赛跑、捉鱼虾。其中，我最爱的游戏就是挖笋。

　　春天来了，我东奔西跑，约上小伙伴，来到我的小竹林挖笋。我们像小猴子一样上蹿下跳，不停地找笋。我很幸运，一眼就看到一根笋。我一个箭步冲了过去，用手轻轻地拿住笋的下半身，生怕捏碎，接着，我的手腕猛地用力，往右一掰，"啪"，一个清脆的声音响起，一根水嫩嫩的笋正静静地躺在我的手心。我望着它，它似乎在对我笑，看着看着，我也笑了……

　　那个小竹林我不会忘记，它是我儿时的乐园，充满我对童年生活的回忆。

　　　　　　　　　　　　　　　　四年级小练笔

多功能水杯

　　每次望着水杯里两天前的水,我就想发明一个多功能水杯。这个多功能水杯保留了一般水杯的样子,但它能使水更好保存。它是由结实轻便美观的透明碳纳米管制成的。水杯的右侧有三个深深的小抽屉,分别是黄色、白色和彩色。黄色小抽屉装蜂蜜,白色小抽屉装盐,彩色小抽屉装各种果汁泡腾片。仔细一看,三个小抽屉壁上各有一个机器小勺子,可以把东西放进水里。水杯上面有一个可爱的小风车,可以风力发电。

　　这个多功能水杯最大的功能是保温保鲜。水杯里有一种纳米涂层,可以杀菌除臭和保温,放了两天的水完全可以和刚烧开的水等同,味道也一模一样。这个多功能水杯还可以自行调味。有人爱喝蜂蜜水,只需按下黄色按钮,小勺就会把蜂蜜放入水中。按下白色按钮,小勺会把盐放进水里。至于果汁,自然是按彩色按钮,加入泡腾片。调料加一次可以用一到两周,小抽屉会自动压缩调料,让它用得久一些。

　　小勺的动力哪里来呢? 小风车用风力发电。小风车的两个小包收集冷热空气,再一起放出来,形成了风,小风车一转,小勺自然就有电了。

真希望多功能水杯能快点发明出来,这样我们的生活会方便很多!

四年级小练笔

自动整理书桌

　　"哎，书桌又乱了……"每次望见乱糟糟的书桌，我就会想要发明一个自动整理书桌。

　　它可以根据气温变化颜色。炎热的夏天，它会变成蓝色，给你一丝丝凉意。而在寒冷的冬天，它会变成黑色，吸收热量，让你十分暖和。抽屉有三个夹层：左边用来放书；右边分为两层，一层放笔盒，一层放试卷。仔细一看会发现抽屉壁上有三只分别安装在三个夹层里的碳纳米管机械臂。上面有微型摄像头，可观察书上的字母。桌面右上角有一个小屏幕，有字典、音乐和各种设置。

　　自动整理书桌当然要自动整理。机械臂会在你吃饭、玩耍时识别书的大小，从小到大依次摆放；试卷夹层的机械臂则识别关键词，按科目分类。

　　桌面是可储存能量的太阳能板。当你不学习时它就吸收太阳能，给机械臂、小屏幕供电。阴雨天时就可以用储存的电能，可以使用两个月！而左上角的小屏幕是用来听歌、查字典和控制桌温的，可以声控。当你说"小白小白"，它回答"主人我在"后便可控制。真希望我能亲手发明自动整理书桌，让小学生更轻松！

　　　　　　　　　　　　　　　　　　四年级小练笔

我学会了自己睡

　　晚上，月亮躲在云层里，星星也紧闭家门，不肯出来。小树也想随风远去，可又走不了，十分着急，不停地摇摆。

　　在这月黑风高、阴森森的夜里，我迎来了一个大挑战——自己一个人睡。

　　九点半，我准时关上了窗，躺上我自己的小床。我忐忑地躺下来，总觉得有很多张牙舞爪的吸血鬼要吃我，又觉得有一群幽灵在窗边绕圈。我吓得闭上了眼睛，闭得比关上的铁门还紧。

　　可我只是闭上了眼睛，心可没处逃，脑子里全是恐惧、害怕。我的心像一只小袋鼠，跳个不停，手也和触了电一样，紧紧地攥着被子，手心吓出了冷汗，不停地发抖。我不由自主地用被子蒙住了头。谁叫现在偏偏是夏天？不一会儿，我就变得和刚从泳池里上来一样，湿淋淋的。

　　我没招了，赤着脚就往妈妈房间跑。可到了门口，我又停下了。好不容易尝试自己睡，要放弃吗？我心里好像有两个小人在打架，我也很着急。要是我有胡子，那一定已经被我急得揪下来了。

　　最终，我还是回到了房间，开始想象一些美好的东西。

我想象自己考了一百分，被老师表扬；又想象自己是一只雄鹰，成了天空霸主；还想象自己是一只九尾狐，在仙林中游玩……渐渐地，渐渐地，我进入了梦乡……

早上起来，回想昨晚，自己睡好像也不是很难。只要心里有美好的东西，再难的事也总会办成功！

四年级小练笔

有趣的金鱼

　　前几天,我家来了几位"小客人"——三条小金鱼。

　　三条金鱼中,有一条是红色的,红得像火。还有两条是银色的,在灯光下闪闪发光。它们都有一条像扇子一样的大尾巴,游动起来摇摇晃晃。有一条银色金鱼的尾巴尖上还带了一点翠绿色呢! 它们的身姿像水滴一样,头很宽,在靠近尾巴的地方又变得尖尖的。

　　对于我家的小金鱼,我有一个疑问:为什么鱼一年四季从不眨眼呢? 妈妈神秘地说:"这是为什么呢? 我们一起去观察一下吧!"我仔细观察了一番,说道:"妈妈,鱼没有眼皮,所以眨不了眼。"

　　我喜欢喂金鱼面包,一块小小的面包一进到水里,小金鱼们就开始抢了。有条小鱼又看见了另一块面包,便丢下旧的,一口把新的面包吞了下去。

　　我爱我家的小金鱼。

四年级小练笔

临安挖笋记

又到周末了,我们一家四口人,兴致勃勃地到临安去竹林挖笋。

工作人员中的一位叔叔领我们上山挖笋,手里还拿了一个"T"字形的工具,尖尖的。我好奇地问叔叔:"这是什么?""这是用来挖笋的工具。"叔叔温和地回答。弄明白了之后,我又蹦蹦跳跳地向山上跑去。

来到竹林,我大吃一惊。原以为竹林里挖笋的人很多,可现在只有我们一家人。这里的竹子高大挺拔,苍翠欲滴。在竹林,阳光、水声和鸟鸣都是绿的,我的心,也是绿的。

仔细一看,你会发现一些黑色小斗笠,那就是我们要挖的东西——毛笋。叔叔教我们如何挖毛笋:先把工具的尖头对准笋边的地,接着直直地插下去,最后轻轻一撬,一根笋就挖出来了!我迫不及待地接过工作人员手中的工具开始尝试。可笋像一个调皮的小孩子,我都把地皮拨开了一层,它也不肯出来,我着急得都快哭了。此时,叔叔走了过来,耐心地和我说了一番,我再一次尝试。一个清脆的声音响起,一根多汁的毛笋正被我抱在怀里,我破涕为笑。

临安山清水秀,还有好吃的笋可以挖,我下次还要去!

四年级小练笔

螃 蟹

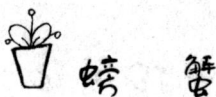

"哎？一股海鲜味。"原来，周末妈妈心血来潮，买了螃蟹，炒年糕。

我一打开蟹盒盖，一只早就在盖子边等着的螃蟹一下子爬出来，我忙用绳子把它捆起来，才开始仔细观察。

螃蟹青色的外壳下，白色的肚子油光发亮，也很硬。上面有一些横七竖八的线，好像外星文字。身子旁边，两个硕大的钳子不断和八条细长的腿一起舞动，它用头上两只宝石般的大眼睛一动不动地盯着我，口吐白沫，好像在央求我把它放下。我有些可怜它，就放下了它。

哈！这新玩具可真不错，我喜欢看它们吐泡泡。一个个小小的泡泡挤在一起，形成了一个大白球。一个不小心，它们就把大白球抹在了盒壁上、地上和彼此的头上。被抹的从不生气，只是自己弄一团泡泡，抹回另一只的头上。

我还会用绳子把两只螃蟹拴住，让它们碰撞。看它们挥动的大钳子，我就知道它们有多狼狈。

终于，它们成了我的下饭菜。我大口地吃着年糕，问妈妈："红螃蟹比青螃蟹大，谁跑得更快？"妈妈不假思索地回答："红螃蟹。"她错了，红色螃蟹是熟的。

这小东西，可真是一种有趣的动物。

四年级小练笔

倒霉的一天

　　周日的早晨，我正在窗边吹风，一只乌鸦从头上飞过，发出"啊！啊！啊！"的叫声。可我并没有在意。

　　我刚要回房间看书，就被门口的一个大快递包裹给绊了一下，打了一个趔趄。刚准备揉揉扭了的脚，不料，脚下一个不稳当，把头也给碰上了墙。这么一折腾我也没心思看书了，走进厨房，拿起一个面包就啃。可上天好像在捉弄我一般，吃了没两口，舌头嫩嫩的皮肤就被咬破了，嘴里一股血腥味。

　　中午，我们一家在面馆吃饭，我要点一碗牛肉面。上天对我可真"好"！牛肉面偏偏刚刚卖完。我哭丧着脸，走出了面馆。我们正在等车，两个小孩一前一后向我跑来，我吓得往边上一跳，差点就成了"人肉夹馍"。

　　晚上，我长舒了一口气：我这倒霉一天了，晚上总不会再倒霉了！我去帮奶奶洗碗，正哼着小曲儿，手冲着凉水。突然，一声尖锐的叫喊划破天际，三个盘子在地上碎成了渣渣，这下我又要挨批评了！

　　半夜，我躺在床上，久久不能入睡：这到底是我造成的还是乌鸦造成的？总之，下次还是小心一点，也防着乌鸦为妙。

四年级小练笔

实心球

"丁零零——"上课铃响了,今天,我们要选拔运动会实心球这个项目的选手。

大家看完老师的示范,就开始自己扔。虽看了示范,投法依旧五花八门:有的让球掉到了身后,有的扔出了范围,有的手软得像蛇,小雪还差点砸到自己的头。

我可笑不出来。一个个刺耳的成绩在耳边炸开:"不合格""回去""不行""再来"。这些词刺痛了我。我暗暗地担心:实心球真的有那么重、那么难吗?我还会被选上吗?

没过多久,球就到了我手上。我紧张得有些站不稳:上天千万别耍我,别摔倒,别扔错,更不要做小雪的继承人——砸到自己的头上!我深吸一口气,准备开始。

我照着老师的动作,把球紧贴脖颈,用另一只手瞄准,屏息观望。突然,我的手猛地一发力,手掌把球用力向外一推,球画出一个完美的抛物线,"砰"的一声落了地。

看见同学们的神情有些奇怪,我才发现我的双脚成内八字,太紧张了。且球也没有落在指定地点,也就是说抛物线确实完美,但子弹完全没有朝向靶子的方向。

我自然没有被选上,但下次,我要努力练习,为班级增添光彩!

四年级小练笔

四个跳绳

今天下午的大课间我们跳绳，我苦练了好久，也该有一个好成绩了。

我拿出粉红色的跳绳，走到指定位置。我下定了决心，今天不跳到二百个，我回家就多跳五百个，我一定可以。

我拿着绳子，举到胸口前。"预备——开始！"一声令下，我开始飞快地转绳子。绳子伴着风唱着"呼呼"的歌。随着我越甩越快，它也唱得越来越欢。最后，我已经快看不到绳子在动了。我发现当我跳快了之后也不是很累了，反而有种势不可当、身轻如燕的感觉，让我无比爽快！

"停！"一个锐利的声音划过，我马上停了下来。一问成绩，我不由得吓了一大跳。你猜怎么着，我打破我自己的纪录了。虽然只多了四个，但毕竟是多了呀！

我欣喜若狂，就差跳起来了！我心里幻想着：这不起眼的四个也许就会带给我不一样的评价，有时也许就多四个我就会优秀，也许……

总之，这四个虽然不起眼，但又很重要。

今天我深刻地知道了一个道理：不管成果多少，你只要去努力，就会有回报。

四年级小练笔

我学会了倒立

　　大家会倒立吗？反正我已经可以靠着墙倒立了。这可有一段曲折的故事呢。

　　一天，我在舞蹈老师的要求下，开始练习倒立。我把身体摆成一个"v"形，右腿在后，左腿在前，手撑地，离墙一个头的距离。我深吸一口气，右腿发力，左腿马上跟上，一个漂亮的开头。可是，我的脚在快要到墙时却像折翅的小鸟，再也上不去，只得落下。

　　我可不甘心，又试了一次。这一试，可是我最尴尬的一次：我按上述步骤又做了一次，这次我右腿有了很大的进步，上去了。可我的左腿像掉了队的大雁，想追，又追不上。我动一下右腿的话，左腿就可能上去，可右腿会掉下来。怎么办？正当我苦苦思索时手开始抗议了，累得直哆嗦，我又一次放弃了。

　　我十分气恼，不想练了。妈妈告诉我做事不能半途而废，任何事情都不是一学就会的。我下定决心，不再多想。经过两个多月的练习，我已经练得相当不错了，倒立比转个圈还简单哩！

　　如今，我回忆过去，便走向操场，重温旧事。我把手撑在地上,没有一丝声响,脚如同飞燕一般,轻车熟路、准确无误地落在了单杠上,又一下子,我脚一用力,又悄无声息地落了地,和长了肉垫一般,心里有种遇见老朋友一般的感觉。

后来,我又练了侧手翻,也学了很久。我明白了一个道理:没有天才,人只有多练才会成功!

四年级小练笔

生态瓶

为什么鱼儿总能在大海里游？为什么大海中那一点点氧气总用不完？来做一个地球的缩影——生态瓶吧！

首先，要准备一个空瓶子，在里面放上淤泥和水。然后在水里放上一些水生植物。接着放上一两条小鱼和其他小动物，一个简单的生态瓶就做好了！最后，密封好。

可是，如果密封了，鱼不就不能呼吸了吗？不用担心，阳光和水草是制造氧气的完美搭档。只要有阳光，水草就能吸收二氧化碳，并释放氧气。有了氧气，小动物们就能自由呼吸了。也不用担心水会不会蒸发。因为生态瓶是密封的，哪怕会蒸发也绝不会蒸发很多。

它们食物的来源是什么呢？细菌可以帮个忙。动物们产生的异物会被良性细菌分解，成为水中的养料和植物的肥料，这样，鱼虾就可以直接从水中得到营养。

现实中也是这样，植物水草进行光合作用，产生氧气，细菌分解脏东西，人才可生存。人类很需要这神奇的大自然，请你告诉身边的人，大自然很奇妙，我们需要它。

四年级小练笔

种红薯

10月25日,星期天

红薯种好了之后,我就一直盼着它长大,昨晚做了一个美梦,梦到我的红薯秧长了一米多高,上面结出了又红又大的红薯。

一大早,我还没来得及换衣服就冲向阳台,看看我的红薯有没有动静。可看完我便大失所望,红薯一点没长,还是那个棕红色的"小老鼠"。

晚上,我又去看我的红薯,惊奇地发现,红薯伸出了两个小小的紫球,好像两只小手。这紫色让人看着很舒服,越靠近红薯的部分越淡,最后几乎成为白色了。

10月26日,星期一

红薯,我又来了!我的红薯长得可真快,一夜之间,这嫩紫色的茎已经是好看的渐变紫,上面也长出了一些不起眼的小绿点,这大概是红薯长出来像手一样的叶子吧。

一直想到这儿我才发现,花盆里的土干了,就添了点新土,浇了点水,给它晒了晒太阳。

10月27日,星期二

我又去看我的红薯,我的红薯长得异常好,茎长得很长了,足有三点五厘米,上面的叶子也快有三分之一个小拇指大了,叶子嫩绿但柔弱,叶茎是渐变紫,十分结实。咦?这红薯怎么长"胡子"了,原来这是根。它一定是想吸收更多水分长出长长的茎!

红薯都如此努力地生长,我又有什么理由不去好好学习,努力奋斗呢?

四年级小练笔

诸葛亮的琴

  有一天，我做完作业之后，正津津有味地看着《三国演义》中诸葛亮操练大军，书中突然出现了一个大旋涡，把我吸了进去……

  我回到了三国时期，街上车水马龙，十分热闹。原来，蜀汉军师诸葛亮来了，看见我就像看见老朋友似的，把我领进王宫，让我当了"女将军"。我又惊又喜，可我还是一个小学生呢，怎能指挥大军呢？

  等我和诸葛亮穿上战袍，上了战场，我也不知道哪儿来的勇气和智慧，二十万大军被我和诸葛亮治得井井有条。突然，敌人点燃了战火，我有一点紧张。可诸葛亮却十分镇定，他告诉我，他会带领四万大军正面冲锋，让我和别的大将分别带领八万大军侧面攻击，这种方法叫"三路包抄"。我按照他说的带着军士浩浩荡荡地出发了。我们三路分工明确，奋勇杀敌，把敌人杀得团团转，人仰马翻，狼狈而逃。

  取得了这么大的胜利，大家都十分高兴，开了一个宴会，诸葛亮还弹了琴给大家听，很好听。突然狂风大作，我又回到了家。原来诸葛亮很聪明，会指挥大军、弹琴，还会写诗，真是多才多艺。

四年级小练笔

爸爸归来

　　爸爸出差了很久,今天终于要回来了。我家离地铁站很近,妈妈同意我独自去接爸爸。已经是晚上8点了,天很黑,地铁站空无一人,本来就怕黑的我遇上这无边的寂静怎能不怕?眼前一晃,一个鬼影闪过,我的牙咯咯作响,左看看右看看,还好只是幻觉。这时,我什么也不想了,看到一个人从出站口走了出来,我的心提到了嗓子眼儿:这个人是爸爸吗?那个人越走越近,我的心也越跳越快,可现实偏偏和我作对,他只是一个陌生的叔叔而已。

　　我继续等待,天上偶尔有夜鸟飞过,虫儿不停地鸣叫,树叶沙沙作响。我左顾右盼,有点耐不住性子了。我直勾勾地盯着出站口:突然,和爸爸的皮箱一样的两个行李箱出现了。我揉了揉眼睛,不敢相信。这两个人越走越近,我的脚尖不由自主踮了起来,眼里透出期待的光芒,可等前面的人走近,我的心一落千丈。上天好像在戏弄我,这个人根本不是爸爸! 可看到后面的人,我欣喜若狂,扑进他怀里:是爸爸,我日思夜想的好爸爸! 他回来了! 爸爸看见我先是愣了几秒钟,后把我搂进怀里,紧紧地抱住了我,脸上露出笑容。

　　我和爸爸小手拉大手,走回家。几日不见,爸爸的脸上不知何时添了几分苍老,但他那双大手还是一样温暖……

四年级小练笔

亲爱的妈妈

亲爱的妈妈：

　　您好！

　　谢谢您给了我宝贵的生命，给了我一个家，您的养育之恩，我永远无法报答。您十分辛苦，每天除了上班赚钱，烧饭洗衣，还得管我的作业，我时常惹您生气，这是我不对，但我也希望您能多给我一点耐心，不要老是生气。记得有一回，我不知道什么是"U形包边条"，您就大发雷霆，我的泪水好像断了线的珠子，不住地往下落。

　　您虽然严厉，但这一定是为了我好，您是爱我的……

　　有一天晚上，已经12点了，我还没睡熟，只听见"吱呀"一声门开了！我迷迷糊糊地睁开了眼，一个黑影走了进来，月光轻轻地洒了下来，我这才看清，是您那温和的脸庞。您悄悄地向我走来，生怕惊醒了我，用您那苍白的手为我盖好了被子，搭上了毛毯，亲了亲我，又悄然离去。我的心里好像有一只小白兔，越跳越快，最后变成了百米冲刺。原来，您也有这么温柔的一面！

　　妈妈，我已经不小了，总想帮您干点什么。可您一会儿让我看书一会儿让我复习，但妈妈，您真的太辛苦了，会伤到您的身体的!

　　总之,我想对您说:妈妈,我长大了,可以干家务和整理自己了。您适当地放手吧,给了我翅膀,就让我飞吧;给了我双腿,就让我跑吧! 还有,希望您能多给我一点耐心,也许我的理解需要时间,毕竟,没有人生下来就会是天才!

　　祝

　　身体健康,心情愉快!

张启莘

2020 年 12 月 19 日

四年级小练笔

游江一公园

今天，在我的央求下，妈妈带我来到了江一公园。

开门见"石"，一下车，一块大石头上刻着四个大字——"江一公园"，字有多大呢？足足有四本课本那么大。

绕过大石头，映入眼帘的是一片绿草地。远看，好像一片绿色的地毯，离它越近它越淡。绿的小草带着小花随风舞蹈，在上面打个滚儿最舒服了。

穿过草地，来到一片金黄的沙滩。金黄的沙子踩在脚下，又软又糯。如果碰上大太阳天，沙子立刻变身为"黄金砖"，还有些烫脚呢！"金砖"上有一个大大的滑梯，上面的遮阳棚好像一朵朵小蘑菇，五彩缤纷。滑梯旁有三个秋千，我可以把它们荡上天。

在沙滩的对面，江水滔滔，浪花好像一个白衣舞者，飞奔、起跳、旋转，又奔腾而去。时不时几艘货船经过。据妈妈说，同一艘货船，装了货后水都和甲板齐平了，不装货的话可以浮出水面两米多。这条江很宽，对面的蜗牛图书馆若隐若现。

江一公园，它没有西湖有名，没有胡雪岩故居宏大，但它是我心中最可爱的地方。

四年级暑假作文

好玩的湘湖

湘湖是个美丽的湖，它虽然没有西湖有名，也没有太湖大，我却十分喜欢它。

春天，万物复苏，湖面十分平静，如同一面没有打磨过的镜子。湘湖边长着星星点点的野花，柳树梳洗着她的长发。成双成对的鸳鸯在水中窃窃私语。太阳公公不想打扰这美丽的场面，照下来也轻手轻脚的呢！

炎热的夏天来了，骄阳似火，游客们挤在树下的椅子上乘凉，别的花儿都病恹恹地低着头，唯独"接天莲叶无穷碧"的荷花占满了湖面。小鱼小虾都在碧绿的荷叶下戏耍。

不知不觉中，秋姑娘迈着轻盈的步子向我们走来，给湘湖镀上一层金黄。人们在湖面上划船，落叶在空中飞舞，最后无声地落到水面上。滑草坡上有一层厚厚的落叶，每当我去时，它们就演奏"沙沙交响乐"。

秋姑娘依依不舍地离去了，冬爷爷给大湘湖披上了银装，这衣服踩上去"咯吱咯吱"响。雪花跳着优美的舞，湘湖没有结冰，偶尔有一两个人不怕寒冷乘船看雪。

湘湖四季景色诱人，若湘湖是一个人，我一定告诉她我喜欢她；若它是一只猫，我一定每天陪伴它。可它是一个湖，那我就请你也来玩吧!

有一次,我妈妈带我和弟弟去湘湖玩,看见许多人在滑草,妈妈买了一个双人滑草板,我和弟弟坐上去,开始往下滑。弟弟吓得大哭起来,可滑了一会儿,他也觉得好玩,我就一直让他陪我玩。

玩好了,弟弟又让我陪他去探险。我们走进小树林,在树中间像两只小猴子一样,跑累了就背对背靠在一棵大树上休息。

又过了一会儿,妈妈带我们去划船。我们租了一条脚踏船。我飞快地蹬着脚踏板,船也走得飞快。两边的风景也在往后跑,五彩的花儿一闪而过,变成一道彩虹,树木也无法在我的视线里停留太久。

划好船,妈妈带我们吃了一顿饭,就又带我们回到湖边。妈妈编了一个花环,我做了一个头饰。我们把它们戴在彼此的头上,美丽极了。我又给弟弟编了一个小手环,弟弟十分高兴。我们漫步石子路上,两旁的松树在向我们招手。小鸟在唱歌,花儿在给他们伴舞。这时妈妈看了一下表,下午两点半,该回家了。回到家我对妈妈说:"下次再带我去湘湖!"湘湖真好玩,希望每个人都能去一次!

四年级小练笔

昆虫记——蚂蚁

　　蚂蚁属于节肢动物门、昆虫纲、膜翅目蚁科动物,有六条腿,一般是黑色、褐色或者红色,小小的蚂蚁长得并不怎么可爱,也都不漂亮。

　　大家对蚂蚁的印象是什么?可怜?弱小?没用?那你可就大错特错了,事实上,蚂蚁可是昆虫界有名的大力士、建筑师!为什么说那么小的蚂蚁是大力士呢?一只蚂蚁体重仅三克,却可以举起三十克的东西,也就是大约自身体重十倍的重量!我自己就目睹了一只蚂蚁从容不迫地举起了一块指甲盖大小的苹果,比它自己大很多,却还能稳健地向前爬,步伐矫健敏捷地爬到洞口,因为苹果太大,洞口都进不去了……这不是大力士是什么?人类是绝对做不到的!请你想一想,你能举起比自己重十倍的重物吗?

　　除了力气大,蚂蚁还是建筑大师,它们会在地下建造“地宫”。这个“地宫”可是名不虚传,绝不是普通的地洞,不仅有大大的粮仓、宽阔的过道,还有舒适的卧室,工蚁用口器打磨墙壁,使地宫看起来更整洁、美观!

　　现在你还觉得蚂蚁弱小无用吗?推荐你们去看看电影《蚁人》,看完后你一定会和我一样喜欢上蚂蚁的!

　　　　　　　　　　　　　　　　　　　　四年级小练笔

委屈的弟弟

"你个捣蛋鬼,怎么又动我的口红? 看,又弄坏了!"

"可,我,我只是好奇……"面对妈妈的怒吼,弟弟有些不知所措。"好奇? 你知道一支有多贵吗?"

"……"

渐渐,弟弟的眼圈红了,泪水在眼眶里打转。他抿着嘴,身体不住地颤抖着。他低着头,不敢再看妈妈的脸。"我真的不是故意的!""你还说,就是你干的!"

突然,"哇"的一声,他再也坚持不住了,用力一跺脚,转身跑回自己的房间,坐在床上,"呜呜"地哭了起来。

泪水滑过脸颊,打湿了衣领。"咚咚",随着脚步声,妈妈冲了进来:"别跑呀! 你给我个解释!"弟弟用小拳头狠狠地砸了一下床,把拖鞋往门口一甩,爬到床上,用被子把头蒙住,缩成了一个球。妈妈走了,空气似乎凝固了,再也没有其他声音。

过了一会儿,哭声渐渐小了下去。我把头探了进去,看到弟弟蹲在墙角,用被子裹着全身,不住地抽动。看来,弟弟还没有缓过来。

我走过去,把一块平时弟弟最爱吃的巧克力塞到被子里。过了一会儿,只听弟弟一阵抽泣。"哼!"接着,巧克力就被他用力地扔了出来。我手足无措。这时妈妈走了过来:"对不起,是妈妈太凶,妈妈不对,原谅我吧!"

"对呀。"我也附和。

"出去!"他声嘶力竭地大吼,说着,还举起枕头,用力砸向妈妈:"我不过是有好奇心,有什么错?"说完,又钻回被子里。

我匆忙逃离现场。

五年级课堂作文

机灵的弟弟

　　我的弟弟非常会看脸色，是个察言观色的高手。无论多微妙的表情、动作，都逃不过他的眼睛，而且他还能在观察后做出正确的决定。

　　弟弟非常爱穿一件白短袖，搭配一条灰色长裤。一对小眼睛黑极了，但十分清澈，似乎能看透一切，鼻梁高挺，两颊微微泛红，全身都在表现他的机灵。

　　晚上，月亮躲在云层中，钟挂在墙上，时针指向"10"。在我的房间里，妈妈正盯着我，我慢慢地写着作业，妈妈的脸上滑过一丝不满，嘴角微微向下弯了弯。弟弟坐在我边上写字帖，看到妈妈，赶紧低下头去。"你慢慢写吧！"妈妈丢下一句话，便一丢手上的笔，扭头出了房门。弟弟明亮的大眼睛看到了这一个个细节，眼中闪过一丝恐惧，拿起笔飞快地写着。在我奇怪妈妈和弟弟的举动时，他已经写了两三行，嘴里不停地念道："完蛋，妈妈生气了，完蛋，妈妈生气了！"我愣了半晌，才回过神来，也赶紧奋笔疾书。可没写几题，妈妈又进来了。她先看向弟弟，脸沉了下来："写这么久，怎么还有一行？"弟弟一脸谄媚，讨好道："这不是为了让您轻松一点，一次写好点嘛！"我在心中苦笑：虽然这样实在有些失气节，但效果很好,这不,妈妈放过了他。我就惨了。弟弟眼珠子一转,飞快地写完,逃离现场。

　　还有几次妈妈心情本就不错,弟弟又是捶背又是夸她漂亮,把妈妈哄高兴了,出门得到了一个雪糕。

　　这就是我的弟弟,机灵又可爱。

五年级课堂作文

秋　意

　　春夏秋冬，四季景观中秋景最让人捉摸不透，时而是丰收的喜悦，时而是万物凋零的凄凉，时而又是漫步小道的悠闲。

　　乘着秋天的落叶，我来到农家田地，果实挂在枝头，沉沉的，压弯了树枝，稻子金黄，似大海般无边无垠，风一吹，金色翻涌，掀起一阵阵涟漪，露出了一个个忙碌的背影。他们笑着，歌唱丰收的喜悦。

　　我随着习习秋风，看小树林的秋色。这里不像田地般喧闹，而是有些冷清。先不说南飞的大雁离开巢穴，也不提动物快要冬眠的寂静，单是这干枯树叶落下，小草尽数枯萎，就将秋天的凄凉表现得淋漓尽致。秋是冬的前兆，总会有些冷。

　　我最喜欢的便是在秋天一抹余晖之下漫步水边，和夕阳一起散步，看它为一切都镀上一层红光，不论是水鸟、野草，还是在湖边随风而舞的芦苇荡，似乎都在和夕阳打着招呼。湖面随着风轻轻波动，上面只有零星几只抗冻的水鸟在游荡。这并不是死寂，而是一种秋天独有的，不可仿制的、孤独的美。

秋天这个季节神秘,它有时冷清,有时喧嚣,就如一个少女,有时安静,有时活泼,但人们对它的留恋无法改变。

五年级课堂作文

梁山伯与祝英台

　　从前有一个女子叫祝英台,她一向喜欢吟读诗书,想外出求学,可因为女子不能求学就乔装成男子去上学,路上遇见梁山伯,两人一见如故。

　　在读书的三年间,两人形影不离。祝英台渐渐喜欢上了梁山伯,可梁山伯始终没有发现祝英台是女的,更不知道她的心意。清明节时,两人一起出去玩,祝英台处处暗示梁山伯,可梁山伯根本听不懂,还取笑祝英台把她自己比作女子。祝英台只得直接向梁山伯诉说,梁山伯恍然大悟。可是这件事也被偷听的马文才知道了。

　　因家有急事,祝英台很不舍地告别了梁山伯并告诉他十天后来求亲。可梁山伯以为是三十天,一个月后才来。那时,马文才已经提了亲,梁山伯只好离开。后来梁山伯病死了,祝英台就假意答应了马家婚事,但要祭拜梁山伯。祭拜时,祝英台跳进了裂开的坟墓,和梁山伯一起化为了两只蝴蝶。

　　　　　　　　　　　　　　　　　　五年级小练笔

暖风吹进心底

亲爱的邹一晗：

　　你好！

　　凄凉的秋天快要过去，黄叶多已落尽。看着同学们在草地上玩耍，我不由得想到了你。你是我小学生涯中第一个知心朋友，也是最好的朋友。我有许多话想对你说，就让我借秋天最后一片落叶为你写封信吧！

　　当我伤心时，你是唯独一个安慰我的。

　　你是否记得？那一次班级跳长绳，本来一切井然有序，突然有两个男生跑来，说我们跳错了。而我心底里知道是对的，我告诉大家，却没人理我，还骂我："不懂不要乱说。"我感到心寒，走到一棵树下，眼泪不争气地流出来。这时你向我走来，眼神中充满了坚毅，你用银铃般的声音用心安慰我，给了我一个大大的拥抱。

　　当时正是暑期，可同学们对我的不屑与轻视，好似一阵寒风，直吹进我的心里。你就像点燃的一簇火焰，给了我极大的温暖。你在我无趣的学习中好像一盏明灯，为我增添了乐趣。你每天和我一起玩耍、学习。我有小错你会帮我纠正，我的缺点你常常给予包容。

谢谢你的陪伴。

祝

学习进步，身体健康。

你的朋友　张启莘

2021年12月23日

五年级小练笔

篮球公开课

　　周四下午,同学们格外兴奋,午休下课铃一响,大家便风一般冲出教室,因为所有人都对这节篮球公开课充满了期待。

　　在戚老师的带领下,我们来到了江南体育中心,在一阵阵千篇一律的叮咛后,公开课正式开始。

　　首先我们两两一组在场地里传球。大部分球都很听话,在两人之间画着弧线,但也有几个不听话的"坏球",主人让它往西它往东,主人让它往东它往西,闹得我们团团转。

　　接着,我们又做了四人传接球,还有三人投篮一人阻挡的练习,球场里一度欢声笑语,当然,篮球落地的声音也不绝于耳。

　　很快,大半节课过去了,老师为了检测我们的训练结果,就让我们四对四打比赛。"吁!"哨声响起,我运着球向篮筐跑去,突然半路冒出一个对方的人,一巴掌强行带走了球,然后传给了她队友。眼看球就要进了,幸好小邹同学反应快,一下子抢到了球,传给了我。

　　到了放松时间,大家一起拉伸而且还玩了人体按摩机,随着小雷在我们身上滚过,惨叫声一片。

　　这节公开课真有意思,让我们既学到了篮球技巧,也明白了要团结一致互相帮助,凝聚在一起才会强大。

五年级课堂作文

二十年后开学的第一天

翻过 2041 年 8 月最后一天的日历,迎来了新的学期。

我拿起放在桌上的崭新教师工作证,走出门去上班。我从口袋中掏出汽车,放到地上,它一点点变大。我打开车门坐进去,点击屏幕,它朝着学校自动驾驶。路上车水马龙却井然有序,每一辆车都会相互感知联络,设计出最佳路线。

十分钟后,我到达了十五公里以外的未来小学。上午没有我的课程任务,教师节快到了,学校组织今年任职的新老师提前去团建。

来到西湖,湖面悠悠,碧波青青,渔舟点点,白云瓣瓣,真是一处好地方。租了一条船,我问船夫:“可以潜水吗?”他回答说:“按下你边上的按钮就可以了。”我启动按钮,一块防水玻璃升起来,船就来到了水下。鱼儿从窗前游过,沉在湖底的一个炼丹炉闪闪发光。耳畔传来灵隐或是吴山的钟声,岁月悠悠。上得岸来,我们去登山。人声遥遥,村郭隐隐。清风明月本无价,远山近水皆有情。生活就像攀登,每一步都不白走。

下午,是我负责的生物课。我带学生们认识人体结构,打开全息投影,教室“星空”出现了巨大的人体骨骼。同学们开始三百六十度全方位观察,随后提交了课堂作业。我还没来得及发愁这五十本作业要批到猴年马月,一个纯白色的机器人就走了过来,把大家的作业收集起来,不到五分钟就批改完了。

五年级小练笔

大熊猫的自述

大家好！我是中国国宝——大熊猫。你们都叫我大熊猫，我也就习惯了，其实我原名是"猫熊"，只不过有一次名字读错了才成了"熊猫"。

我们大熊猫长得真的很可爱，见过我的人都说我胖胖的，像个球。一般来说我们身高 1.2—1.8 米，尾巴只有 10 厘米左右，才不像牛马的尾巴那样都有人腿那么长了！我们非常重，110 千克左右，最重的有 180 千克。由黑白两色组成的我们有很多种类，秦岭那边的兄弟个头比较大，但岷山的姐妹们个头要小一些，毛也细。

我们是名副其实的吃货，每天有 10 个小时在吃竹子，剩下的时间一般都在睡觉。我们喜欢以平躺、侧躺、俯卧或蜷成一团的姿势睡觉。

我们最可爱的特点是"内八字"慢吞吞的走路方式。因为我们生活的环境食物充足，没有天敌，没有必要跑那么快，而且这样还能保存体力，适应低能量的食物。

别看我们大，我们的儿女生下来只有我们体重的 1/1000，最重的也不过 225 克，所以这对我们哺育孩子的妈妈来说是一项艰巨的任务。我们照顾孩子一般要 18 个月，有的要2年,直到我们的下一个孩子出生!

我就是可爱的国宝大熊猫。

五年级小练笔

洞穴惊魂记

今年学校组织去山洞考察，和我分到一组的是好朋友芹儿和探险爱好者贝娜。

我们带好手套等用品，就向山洞中走去。我们好奇心满满，可贝娜告诉我们不要东张西望，里面很危险。

洞壁上有一些矿石，闪着微光，像星星一样，甚是美丽。可是我与芹儿并没有心情欣赏。在打开探照灯的一瞬间，我们看到了上百只吸血蝙蝠倒挂在洞顶，"吱吱嘶嘶"的声音在山涧里回荡，我紧张极了，赶紧把探照灯亮度调到最低，生怕惊动那些东西。可是已经晚了，伴随着"叽叽叽"的声音，一大群吸血蝙蝠黑压压向我们扑来。我慌了，赶紧看向贝娜，只见她正挥着手，用手电筒驱赶着蝙蝠。我和芹儿也赶紧有样学样，可一点用也没有。我和芹儿落荒而逃，跑到双腿发软才停下来。不一会儿，贝娜也走了过来，笑道："哈，这也能那么害怕？那要是遇上老虎，你们岂不直接晕过去？"

休息了一会儿，贝娜说："我们有点走偏了，不过这里也能通向出口。"

过了一会儿，走在最前面的芹儿大叫："有悬崖！""这怎么办？"我把头转向贝娜。一阵寂静后，贝娜突然开口："那里吊着绳桥,只是我们这一边断了。"我看向背包,看似有用的只有一根绳子;芹儿在一边走来走去,只找到一块钩子形状的石头。贝娜灵机一动说:"我们用绳子把桥拉上来。"我们把石头绑在绳子上,绳桥被拉了上来。这时,又一阵"嘶嘶"的声音传来。又是蝙蝠! 我喊道:"贝娜,快!"贝娜也加快了速度,在蝙蝠冲过拐角的那一刻,绳桥断了,我们就差一点点就落下悬崖,不过还好跑到了对面,便以最快速度跑向出口。

　　看到了人造出口,我们便放慢脚步,紧绷的心也舒展开来。洞穴惊魂记,真是惊险刺激。

五年级小练笔

告别孤独

　　从小到大，我有很多时候觉得自己长大了，变得不一样了。而这一次，我记得格外清楚。

　　那一个夜晚，我第一次一个人睡。风呼呼地吹着，树叶摇动，月亮躲在云层后面，我缩在被子里：一只羊，两只羊，三只羊……我总觉得有一个要吃人的怪物躲在我的床底下，心怦怦直跳。在数到第八十一只羊时，我紧绷的心一下子弹开，我掀开被子，跳起来，用飞一般的速度冲向父母的房间。

　　我的手在刚触到门把手时，就像按了暂停一样，不动了。俗话说"一鼓作气，再而衰，三而竭"，如果我这一次失败了，那第二次、第三次就更难了。我们班上已经有很多人自己睡了，我也不想落后，毕竟我不能总依赖妈妈，不然我上高中、大学，要住校怎么办。我是不可能把妈妈带上的。我要学会独立，我想一个人睡。为了这个想法，我要去努力。

　　月亮的光芒洒向大地，我躺在床上，望着天花板，心中有些骄傲，我不要再胆怯了，毕竟我是一个大孩子了，想着想着，没多久就睡着了。

　　很多人，甚至动物都可以为了自己希望的事去努力、去奋斗，有时候改变一下看问题的角度，就会成功。

　　从那一刻起,我觉得自己长大了,不再是那个惧怕困难和孤独,依赖父母的孩子了。

五年级小练笔

雨

　　星星黯然，在一盏昏黄的路灯下，一个女孩打着伞。她看了看手表，皱起眉头。已经过了半个小时了，姐姐还没有来，说好一起去露营的。她跺着脚，转着圈，又等了一会儿，实在等不及了便拿起手机，拨打姐姐的电话，没有人接。试了三四次，还是一样。她抿着嘴，双手握拳，一抬脚，踩起一连串水花。"姐姐怎么还没有来啊！真气人！"她喃喃道，又拿起手机，眉头拧成一条线。终于通了。"你怎么还没有来呀？太慢了，急死我了！""来了，来了，我的自行车打滑，不好意思啊……"

五年级小练笔

老好人

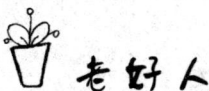

　　他一个人坐在那儿,双手抱在胸前,释放出一种无形的威严。大家都在一旁嘀咕:"他人那么好,今天是怎么了? 平常有人吵架,他第一个去劝说,今天怎么自己也闹脾气了?"突然,他猛地一拍桌子,胸膛一起一伏,冷哼一声:"哼!"一跺脚,吓得众人向后退了几步。"这几个人也真是的,我呕心沥血地帮他们,还要收拾我? 欺人太甚!"他眼睛一瞪,把手上当时的签约条撕得粉碎,扔到地上,似乎还不解气,又踩了几脚才作罢。一甩手,拂袖而去。众人纷纷议论:"这还是之前那个踩死一只蚂蚁都怕的老好人吗?"

五年级小练笔

考　试

　　"啊哈哈哈，哈！"在一阵笑声中，小梦走出了人堆。她一只手握拳，另一只手攥着卷子。她低着头，看着自己的鞋子，缓缓地走回座位，看着窗外。"嘭"，她猛地一拍桌子，"你们考得很好吗？我只是一时大意，你们凭什么笑我！"小梦的声音有些哽咽。看着小梦，这一群人笑得更欢了。"啊哈！""嘻！"……她看了一眼手中的卷子，胡乱一放就再也不想看。她的双唇抿得紧紧的，眉头也拧成了一条线。她再也坚持不住了，眼眶红了，泪水模糊了双眼，顺着苍白的脸颊滑过。小梦把头深深地埋在衣服里，整个身子抽动着："我真的很差吗？"她喃喃自语。

　　"嘿！我们的'学——霸'也会哭了呢！"一个男孩子阴阳怪气地说。"哼！"小梦猛地站起身，一甩衣服，"你很优秀吗？我会用实力证明我不是一个差生！"

五年级小练笔

爱学习的小洋

"推敲"是反复思考的意思,而今天在小洋家我才真正领略到推敲的"最高境界"。

我带着作业本来到小洋家中,一起学习。她已经在写作文了,招呼我坐下,指了指一边的苹果,示意那是给我的。

很快,我也写了起来。稍过了一会儿,小洋开始有些急躁:"这里用'纵容'合适吗?"她停了笔,不停地点着书桌。我被惊动,探过头去:"不太合适,'纵容'总有种不好的感觉。"

"那用什么?"小洋大声问道。我一时无词可用,就保持沉默。看我没有回应,她皱起眉头,将手里的笔塞入嘴里。小洋的脚踏着地,手中的一团纸也被握得死死的,揉成了一团。

小洋一跺脚:"到底写什么!"她大吼道。她跑出小书房,问了爸爸,她爸爸没有理她。小洋又去问了妈妈,她妈妈也没有给出个好的答案。她甚至去问了家中保姆,还是没有答案。她垂头丧气地走了回来,又开始愁眉苦脸地想了起来,气氛有些凝固。

很快,妈妈叫我回家了。我走时,小洋也没有发现,依然在努力地想。

五年级小练笔

母亲节的谈心

　　"启莘，收拾一下桌子！""启莘，把床整理一下。"每天听着这些话，我耳朵都快长茧了，十分厌倦，但又必须做，那是妈妈的要求。

　　今天，我拿着抹布在擦桌子，哎，又得整理桌子了。心中一阵悲叹，加快了手中的动作。看着被我和弟弟"合力"做出的"猪窝"，我对整理它已经提不起精神了。走向妈妈的书房，她正在备课，被突然走进来的我吓了一跳。

　　"妈妈，你每天让我整理桌子，可是你小时候能做到每天桌子一尘不染吗？"我大声问。"不能呀。"妈妈平静地答道。我气不打一处来。"但是我希望你能做得比我更好呀，青出于蓝而胜于蓝嘛。"此时，妈妈已经停下来打字的手，笑道。"可是，可是毕竟你也没有做到，不是吗？""所以我才希望你能够超过我，比我优秀，从小事做起。"

　　谈心过后，我心中豁然开朗。世界上对我最好的，是妈妈。母爱无私，可能有时方式不对，但一定是为了我好。每个母亲都希望自己的孩子成为人中龙凤，即便有比我优秀的人，但在我妈妈眼中，我永远是最好的。

　　母爱，是每个人的避风港，最坚实的靠山。

五年级小练笔

放学后的校园

　　"丁零零——"下课啦,学生们如潮水般离去,往日热闹的校园顿时安静下来。操场中央的草地上,小草随风舞动。一旁的单杠上只有几只小鸟起落。小池塘上连一丝水波也不曾显露,边上的竹林也极为安静,只是偶尔有几只蝴蝶飞进飞出。

　　　　　　　　　　　　　　　　　五年级小练笔

竹　林

　　走入竹林,满眼都是绿。脚下的青草是翠绿的,竹竿是翠绿的,竹叶是翠绿的,连刚出的小笋也冒出绿芽。阳光洒进这翠绿之国,似乎也受到这里的感染,斑驳光点,也透着粉绿色光芒。

五年级小练笔

眼　睛

　　眼睛可以说是五官中最漂亮的一个。小眼睛似月牙,大眼睛似珍珠。眼睛不但长得秀丽,用处也很大。弹钢琴需它一心两用,看谱子和琴键;生气了,需它用力瞪人;开心时,它弯成一条线;在图书馆阅读,需它用功记字;要考试了,需它认真读题。不过,过度使用它,它会近视,远处就只有一片模糊。

五年级小练笔

生日派对

今天是好朋友洋洋的生日,一大清早,我写完了练习,带好了礼物直奔她家。

还没走到她家门口,就听到里面喧闹声一片,门前可谓"鞋"山"鞋"海。由此可见,她请了不少人呀!"咚咚咚",清脆的敲门声之后,门"吱呀"一声开了,没有人,很安静,没有开灯。我探进一个头,突然,"嘭"的一声,灯开了,然后就是很多个脑袋一起探出,接着就是一声"嘿",震天动地,把我吓得差点坐在地上。大家看到了,就开始笑,那声大得天上的神仙都能听见。我有些不知所措,不过很快,我也加入那笑声中,气氛再次变得热闹起来。

午饭时间到了,我们吃了很多好吃的,有牛排、沙拉、比萨等。吃完饭,我们就开始吃蛋糕,是一个两层的水果蛋糕,顶上有很多水果,有一圈奶油,看着就很美味。有水果中和,奶油也不会非常腻。"喂!"一个声音响了起来。"洋洋叫你去过她的生日了!"

"哦。"我迷迷糊糊地睁开眼,原来我在沙发上睡着了。这是一个梦,真正的生日派对,还没有开始呢。我马不停蹄地赶过去。

五年级小练笔

人性的改变
——读《少年与狼獾》有感

　　动物也有人性吗？答案是肯定的。我第一次拿起沈石溪的动物小说《少年与狼獾》是在二年级，那时只是看故事，而如今再次拿起，我看到了一个新词——人性。

　　《少年与狼獾》讲了一个名叫水秧儿的男孩在给父亲送粮时看见三只被人称为"山妖子"的狼獾，水秧儿放下偏见，救了狼獾。而狼獾也选择了信任他，并在他被困时为他提供了食物。水秧儿的父亲找到水秧儿时想要打死狼獾，水秧儿知道父亲不会打他，便用身体护住了狼獾，他虽然没有成为猎王的儿子，但他收获了友谊、感恩和信任。

　　在这篇文章中，我看到了人性的直白和贪念，一个猎人为了猎王的称号不惜向救了自己儿子的狼獾开枪。但同时，我也看到了人性的真善美。一个十五六岁的男孩为了保护帮过自己的动物，可以用身躯护住它们，而动物也可以为了救过自己的人爬悬崖找食物，想到这里，我不禁热泪盈眶。

　　一瞬间，我的心尖颤了一下，我想到了一件令我心寒的事。一次，我手捧着水果茶，发着呆。突然，我看见一个老人摔倒在门口，手中的菜撒了一堆，口中不停呻吟着，表情痛苦,脚有些抖。若不是有一道栅栏,我真想上去扶,这时我看见一个年轻人走过来,我松了一口气。可接着我就听到了一句令我震惊的话:"老爷爷,如果我扶你起来,你可千万别反咬我一口呀!"一个年过花甲的老人经历了多少沧桑,有什么精力去敲诈年轻人呢?现在是科技社会,可正是它改变了我们,正是它让人类变得多虑,让一些本不该发生的事发生。

回首几千年前,动物与人那份真诚令人向往,希望我们能放下偏见,放下世间的枷锁,纯真地对待身边的每一个人。

五年级课堂作文

虎跑公园

　　我早就想去虎跑公园了，这个周末父母终于肯带我去这个美丽的公园。

　　一进入虎跑公园，一棵棵翠绿的水杉，一池蓝绿色的池水，一片片碧绿的浮萍，和远处墨绿的山丘构成了一幅绿色的画卷。

　　再往里走，远处马路上的嘈杂声渐渐消失，只听到一阵银铃般的鸟鸣。走着走着，两只大老虎的雕像映入眼帘，雕刻得栩栩如生。虎像边上有一眼清泉，许多人在这里接泉水，回去泡茶。

　　穿过一片树林，几条林荫小道出现在眼前，我们要开始爬山了。我们选择了去贵人阁的路，一路向上爬。爬着爬着，一股沁人心脾的香气传来。转头一看，一串串小铃铛一般的桂花正抓着枝头对我笑。香气随风越飘越远。

　　一路上鸟语花香，我们登上了贵人阁。从上面俯瞰，来时的山路蜿蜒曲折，时不时有几间农屋穿插其中。再看远处，西湖宛若一颗宝石，翠绿无比，波涛汹涌的钱塘江，此时也如一条丝带，十分美丽。

　　虎跑公园如世外桃源，给人画一般的美感，我还想要多去几次。

五年级暑假作文

乐观与悲观

今天我看到一幅漫画，也看到了一个人生大道理。

画面中是两人结伴而行，一个人不小心把唯一的水给洒了，水汩汩地向外流。其中一个人十分悲观，用手按着额头，双眼紧闭，一脸懊悔："完了，全完了！"另一个人则很乐观，笑呵呵地捡起杯子，说："真幸运，还剩一点！"

第一眼看这幅画时，我有点奇怪，明明还剩一点，为什么其中的一个人显得这么悲痛？后来细想就明白过来，一个人内心悲观时，看什么都是祸患。反之，一个人内心阳光的时候，看什么也都是非常阳光、充满机遇的。

这样想着，脑中突然记起生活中考试时同学们的表现。两个同学的成绩同样不太理想，一个一会儿捶着桌子，一会儿跺着脚："我真的太差了！"另一个则拿着笔，细细地订正，做反思，口中喃喃："这一次考得不好，证明我还有进步空间，下次努力。"下一次测试，那名悲观的同学考得依然不理想，但那个乐观的同学则靠着努力和信念，拿下了好名次。这两种信念会带我们走向命运两极。

每个人心中都应充满阳光，向目标努力，在每种忧患中得到机会，而不应该在每个机会中看到忧患。

五年级小练笔

《汤姆·索亚历险记》梗概

　　汤姆·索亚是马克·吐温笔下《汤姆·索亚历险记》中的主人公，一个顽皮、淘气又爱冒险的小男孩。他在圣彼得斯堡有一群小伙伴和他一起冒险。

　　在一个晚上，汤姆和好友流浪儿哈波来坟场，在巧合下看见乔伊杀死了医生，还嫁祸给了波特，但两人因为恐惧并没有把这件事告诉治安官。

　　暑假到来了，汤姆为了找点乐子就和哈波去了杰克孙岛，众人却以为他们死了。两人悄悄地参加了自己的葬礼，当他们现身后，众人又惊又喜，抱着孩子又唱又跳，十分高兴。

　　几周过去了，法官来到这里审判波特的罪过。汤姆在经过激烈的思想斗争后说出了真相，可是乔伊却逃走了。

　　夏天快要过去了，汤姆和哈波在山脚下一栋房子里偷听到了乔伊把宝藏埋在了十字架下，两人尝试寻找，可没有找到。

　　后来众人给朋友贝琪过生日。可是汤姆和贝琪在山洞中走失，他们在走过的一个个洞中做标记，却意外看见了奄奄一息的乔伊。最后两人凭借一根风筝线走出山洞，回到了家。

　　休息了几周,汤姆就和哈波返回山洞,找到了十字架下的宝藏,拿到了很多钱,成了圣彼得斯堡最富有的人。

　　这就是《汤姆·索亚历险记》,一个男孩和伙伴的冒险故事。

　　　　　　　　　　　　　　　　六年级课堂作文

我的心愿

　　每个人都有心愿，有梦想。它像一只手，将你拉出了迷雾，似一座灯塔，为你点亮前进的道路。

　　从小我就特别喜欢当"小老师"，我游泳学得很好，七八岁的时候我就在小区泳池里"教"我的朋友们。看着他们"学有所成"，我心里就像喝了蜜般甜。那几次"当老师"或许只是游戏，但也让这个心愿在我心中生根、发芽。

　　我长大了一些后，妈妈从机关转去学校当了老师，这也让我认识到了当一名老师的不易。许多次我半夜醒来，看见妈妈的屋子里还亮着灯，听见屋子里隐隐传出她的备课声；常常见她一回到家就粘在床上，累得一动也不想动。

　　可我见到最多的，是妈妈回家时脸上那份骄傲和自豪。她常会和我分享当老师带给她的成就感和乐趣，这也是我最愉快的时刻。

　　因此，我知道当老师一定很累，很苦，但我依然坚定梦想——做一名让学生喜爱、让自己快乐的老师。我从我的老师和我的妈妈身上感受到的是他们对这份平凡工作的热爱，他们用自己微小的点滴付出构建起庞大的知识之库，教会学生成长。

　　我的心愿不一定百分百实现,但它给了我方向,让我有
了目标,热爱分享,为身边的人带来帮助。

　　成为一名老师,是我清澈赤诚的梦想。就像妈妈那样。

六年级课堂作文

辩论赛

"启莘,你过来一下。"

"怎么了……"

阳光明媚的上午,我得到通知要代表班级去参加辩论赛。我瞪大眼睛:"老师……我可以……不去吗?"我的手背在身后,心跳个不停。

老师笑容温和:"我们都觉得你是很合适的。"她信任的眼神、坚定的语气,给了我莫大鼓励。"对方辩友……"每晚,房间里响亮回荡着我刻苦练习的声音,我生怕出一点差错被人笑话,丢了班级脸面。辩论主题是"网络用语是否应该进入校园",通过抽签决定正方反方,需要充分准备两方观点用于出击和防卫。

比赛的日子来了,熟悉的科学实验室被临时改造成比赛场地。进门时我后背冒着冷汗,脑中回顾着各种词。"千万不能出错!"我一遍遍在心里说。

"辩论赛现在开始!"我抽到的签是正方——"网络用语应该进入校园"。这可尴尬了——我实际的想法是"网络用语不该进入校园",这让我更紧张了,好不容易安静下来的"小鹿"又在心中开始乱撞。我的心跳加快,手上的小卡片都被我划出了一道道指甲印。我努力镇定，不让对手看出破绽。

"对方辩友……"我方一辩铿锵有力的声音响起的瞬间，我想起参加辩论的初心是为了班级荣誉而战！身后一双双眼睛用肯定的目光给我期望和鼓励。一辩的开场立论很精彩，博得了大家的掌声。

轮到了我这个二辩。我流利地陈述充分准备的材料："网络语言进入校园值得被鼓励……"我看到观众和评委默默点头，心里踏实了许多。然而对方毫不示弱，尤其是在最激烈的自由辩论环节，攻击性强，把我们震慑住了。我们不小心出现空洞的表达时，对方穷追不舍，连环炮式乘胜追击，任凭我们内心强大，也被紧紧逼迫，准备好的内容差点忘记说。

比赛结果出来了，我们没有取得胜利，很可惜。但我格外珍惜那场比赛的经历，引经据典、唇枪舌剑，丰富了课间生活，训练了表达和逻辑，培养了思辨能力和团队合作。最重要的是，我被评为全场最佳，变得开朗、自信。现在想来，可能放松一点结果会更好。不过，更重要的是：我第一次发现，自己心里是这么在乎一个集体！

六年级课堂作文

雨　衣

　　天空的乌云似冬天盖的棉被般遮住一切,闷雷似打鼓般不停地在空中响起。我看着窗外,心中有些忐忑:看样子一会儿要下大雨,我回不去了怎么办?爸妈都很忙,又没人接我,我该不会要淋雨回去吧?很快,放学时间到了,雨果真下了起来。我刚刚走出小门,鞋子就湿透了,风就像要占领一切的魔王,呼呼地吼着,专门和路人逆着走。我小小的雨伞像大海中的一片树叶,飘飘摇摇。我停下脚步,蹲在树丛边上,让伞尽量盖住我的全身。要不我和妈妈打个电话,让她来接我吧,大不了就是在边上小区等半小时。我大步向边上小区的门房走去。进了大厅,里面既暖和又干燥,空气中还有一点香味。我正准备打电话,突然想起妈妈叫我收衣服。

　　完了,这下衣服全湿了!我一下子背起书包,连伞都没打就冲了出去。雨水和狂风"二人组"像两个烦人的怪物,时不时嘶吼、咆哮,放肆地践踏着我的衣裳,还有雨水顺着领口滑了进去。我有些后悔,但家门很快出现在眼前,雨水再大也无法浸透我此刻骄傲的心。因为我的坚持,衣服才得以安然挂在架子上,没有乱飞。

六年级小练笔

逝去的友谊

　　友谊是人生这片树林中最高大的一棵树，它带给人快乐、力量、信心，可是在过去的一段友谊中我得到的却是迷茫、追悔。

　　五年前，我和好朋友妞妞一起进入喜欢的小学，认识了新朋友，有了新的友谊。可这次似乎和以前不同，它格外脆弱。

　　那次一个同学打听到我和妞妞之间有一个别人不知道的秘密，就来问我是什么。碍于面子，我再三叮嘱她不要张扬后就悄悄告诉了她，可她当天就传了出去。秘密传回我耳中时，天空都是灰蒙蒙的。我这个错误的决定，把我像一只飞鸟般孤独的身影钉在了电线杆上，让我始终忘不了。

　　我渐渐发现妞妞不和我玩了，似乎所有人都不是我的朋友了。

　　我那时也只是一笑而过，直到竹林小路上发生的一段对话让我陷入了自我怀疑。

　　那是一个秋日午后，阳光明媚。我独自从食堂回来，听着校园里的鸟鸣，我的心情格外舒畅。看见前面是妞妞，我就赶了上去。"嘿！一起走吧！"我很久没有和她玩了，期待着她的同意。红彤彤的枫叶挂在枝头，一个冷漠的声音回答了我："哦，是你呀，一个不守信的骗人鬼，没人会和你玩的。"那声音里带着不屑与愤怒。她长长的马尾甩在我脸上，我看着妞妞扭头离开时的背影，一片片枯黄的树叶在我眼前飘过，就像刀子划过我的心尖。向着走远的妞妞，我强打着精神歉然一笑，转过身去，闭上眼，突然很失落。风轻轻吹动挂着泪珠的睫毛，我明白，这是妞妞不让别人和我玩。果然，人失信了一次就没有了机会。我想要一个改正机会，是我真的不配成为她们的朋友吗……我没有怨过，我只是想尽力重归于好，弥补之前的过错，可我似乎失败了。阳光依旧明媚，鸟鸣也从未停过，只是阳光没能照亮我的迷茫，鸟鸣没能驱散我的懊悔，我觉得心里空落落的，知道了什么是落寞。

　　现在想起当时的所有人只有四五个，秘密也只是件小事，但这件事让我尝到了失信的疼。

　　　　　　　　　　　　　　　　六年级课堂作文

泪水中的成长

　　泪水是宝贵的,它是挫败后的成长,是对失败的反思,它值得去回忆。

　　我有一张试卷,分数非常低,但它对我而言是特殊的。因为上面有我的反思,有我成长的泪水。数学考试后,我慢慢地拿到试卷,那个鲜红的 75 分好像一颗炸雷在我脑中炸响。怎么会?我强忍着泪水回到家,坐到桌前,看到那张试卷,我的泪水便止不住地涌出,似断线的珠子,不停地落在桌子上,落在试卷上。开始,我砸着桌子,为我的粗心计算而感到后悔。后来我慢慢平静下来,开始为自己不重视细节,不注意小事儿感到后悔。如果这不是一次单元测验而是中考、高考怎么办……重视和不重视有时就像一个开关,连接着两个不同的结局。一件小事就可能毁了我的一生。

　　订正卷子时,我的鼻子依旧有些酸涩,但我不允许自己再落泪。反思过了,也悔过,怕过了,我没有理由再让泪水滑过脸颊。订正完卷子,我没有像往常那样把笔随意地丢在桌上,而是轻轻地放回笔袋。刷牙时也没有像平时把牙刷扔在杯子里,而是挂到了架子上,摆放整齐。

　　泪水同样可以是感动的,当我看着一个个医务工作者对病人无微不至时,我会流泪,为他们的无私感到敬佩;泪水也可以是快乐的,那次足球赛看队员们用汗水打湿了操场,所向披靡,夺得第一后,我为他们流下了高兴的泪水。

泪水记录着我的成长,像我的一个伙伴。

六年级小练笔

节约用电倡议书

亲爱的同学们：

电是我们熟悉的一种能源，但随着时代变迁，科技迅速发展，为了生产电能，人类对环境造成了伤害。节约用电减少消耗成为城市发展的一个焦点。电能是日常生活中的重要角色，不论是出行还是学习，甚至交流都需要用到电。为了保护资源，让节约用电不再只是一句口号，我提倡大家做到以下几点：

1. 出门随手关灯，用完电器后立刻关闭。

2. 夏天的空调温度不要开太低，建议在26℃以上。

3. 如果见到有人浪费电能，可以进行提醒。

4. 可以制作节约用电的标牌置于电器边上，用于提醒、宣传。

节约用电，保护环境，做出承诺，付诸行动，让节约用电成为一种习惯，一种美德。

张启莘

11月14日

六年级小练笔

西江月·夜行黄沙道中

　　被罢官之后我看清了官场黑暗，收拾行李，启程返回家乡。

　　走着走着已至黄沙岭，微风拂过，虽不算凛冽，但也带着阵阵寒意。月亮拨开乌云，好似一面玉盘悄悄挂上了树梢。鹊鸟扇动翅膀，几声"吱吱"的蝉鸣从远处传入我的耳中。

　　一路上几处稻田就要成熟了，农民们收拾好农具，一路上有说有笑。有的勾肩搭背，有的互相击掌，开怀大笑："你家的谷子熟了吗？""我家玉米都比我小孙子高了！"伴随着一声连着一声的话语，我不由得加快步子。

　　天色已黑，时间接近半夜，四周只有潺潺的流水声和树叶的沙沙声，天上的星星时隐时现，好似一双双眼睛，一眨一眨。风呼呼地吹了起来，几点小雨淅淅沥沥地从天空中落下，落到树上、路上，溪水中溅起一阵阵水花。

　　顺着路一直走，印下无数个脚印。一转弯，突然看见一条小溪，一座拱桥依旧立在土地庙旁。

　　生活不止眼前，自由和快乐才最重要。

六年级小练笔

仙人掌玩具

今天,妈妈手里抱着一个快递盒走了进来,眼睛眨巴了两下,神秘一笑:"我给你们买了一个好玩的。"

在一阵手忙脚乱拆包装后,一个有着大眼睛香肠嘴的玩偶仙人掌出现了。看着它那扭曲的身子,我不禁掩嘴笑了起来。弟弟似乎发现了两个开关,按下其中一个,仙人掌立刻闪着灯,唱起了歌,原本优美的歌都在 1.5 倍速下播放,再加上它那绿色的身躯像蛇爬动一般扭动着,连一向严肃的爸爸都捧腹大笑。再按一次开关,音乐停下来,但弟弟的笑声没有停。神奇的是仙人掌竟用高八度的声音模仿弟弟说出的话。弟弟这一次笑声震动,直接笑得躺到了地上,差点流出口水。

过了好一会儿,全家人安静下来,弟弟看着我说:"它可真笨!"而仙人掌却以为是"要学的句子",便高八度重复了一遍,弟弟觉得这是在评论他,便大哭起来。我开导他:"这只是一个机器,学你说话……"

好一会儿他才止住哭声。

这次我不光玩开心了,也明白了一个道理,不论好坏,做了事就会有回应,心善也是对自己的一种善良。

六年级课堂作文

过故人庄

今天天气甚好,孟浩然正在家中看书,突然想起今日老友邀请自己去他家聚会。

在远离城市喧嚣的偏远山庄中,绿树成荫,草的芳香在空气中四散开来,青山好似巨人一般横卧在山庄旁边。

孟浩然来到老友家中,一进门,饭香扑鼻。木头做成的大圆桌边上摆着两条长椅,桌上的美食更引人注目:胡麻饼,醋芹,一整只母鸡炖成的汤……老友给自己与孟浩然各盛了一碗米饭,吃着饭叙旧。

午后的屋子里有些闷热,两人便打开窗户,吹着凉风,望着窗外的菜园。随着风轻轻拂过,菜园里的菜叶轻轻飘动,老友抿了一口手中的酒,感慨道:"又到秋季了,今年风调雨顺,一定是一个丰收年啊。""是呀,我家那一块小小的地都是一片繁荣啊!"孟浩然嘴角带着笑意,喝了一大口手中的麦酒。

转眼夕阳西下。孟浩然准备告辞。老友突然说道:"又快到重阳节了,那时你一定还要来赏菊喝酒啊!"孟浩然点头离去。

六年级小练笔

别十里琅珰

　　这个星期五过去,小学最后一次出游也结束了,它或许是六年来最难忘的一次出行。

　　这次出游的主题是毅行,目的地是十里琅珰。与我所体会到的坚持、团结和友谊相比,山景倒显得次要了,而山间清亮的歌声最为难忘。

　　都说上山容易下山难,一点都不假。可以说我们是在说说笑笑、不知不觉中就登到山顶的,毕竟少年。在凉亭一番休整后,队伍如一条长龙又向着山脚出发了。山路蜿蜒,说是下山,其实也有上有下。

　　约莫半个小时后,休息那会儿刚小下去的说笑声又随着山脊起伏。突然不知是谁起了个头,大家开始背起了古文。背着背着,加入的人越来越多,最后所有人都加入了进来,每每背到不会的地方就会安静一瞬,然后爆出一阵大笑,有人想起来了,又接着背。

　　没多久古文就背完了。大家又把什么平方数、立方数、质数、圆周率都背了一遍。没有一个人叫累,没有一个人喊苦,似乎在这一刻整个班凝结成一个整体,没有谁是独立的。

　　有一种不舍和离愁,分明在山间开始蔓延。

　　领头的人思考了一会儿,重起了一个头,《明天会更好》那美好的音律就在山谷口回荡:"唱出你的热情,伸出你的双手,让我拥抱着你的梦……"不知为何,我突然有些感动,想哭。明明唱着"明天会更好",现在还在一起学习,一起疯玩,可两个月暑假后就只有一声"再见"成为最后的纪念。明明说的是"再见",可并非每一个"再见"都会又相见,到了中学,分了班,谁又会专门跑来和我一起唱歌呢?

　　十里琅珰声回荡,山谷清流梦回响。

　　这次毅行留下少年的脚步,是小学时光的记忆,也是我们梦想的起点。或许人与人之间终有告别,但心总是会系在一起的。

六年级课堂作文

附录　家长导读

《飞舞吧面塑》导读：近年来，各家刊物偏好非物质文化遗产题材的习作，尤其是国家级、中央级的大刊、名刊。

写这样的题材，要注意把选材的地域属性和独特风貌展示出来，譬如文章中写到"面塑是山西人骨子里的鞭炮和锣鼓"。更要注意不要流于百科式的知识介绍，不然读者去网络上搜索相关资料就可以了，为什么要读作者所写的文字呢？要在整个题材中写出"我"。鲁迅说："无穷的远方，无数的人们，都和我有关。"《散文》杂志倡导："表达你的发现。"这都凸显出"我"无与伦比的重要，"我"是文章中最为可贵的部分。"我"的发现、"我"的感受、"我"的心得、"我"的情感，是编辑、评审和读者能把这篇文章从堆积如山的文稿深海中打捞起来的闪闪光点。写作者必备的素质之一，就是对大千世界纷纭万物保持丰富而敏锐的感受力。

这样的题材，适合投稿给你心中本以为最难发表又最渴望发表的国家级名刊、大刊，比如共青团中央主管的《中国少年儿童》、中国作家协会主管的《中国校园文学》、《光明日报》主管的《光明少年》等杂志。上海少年儿童出版社主办的《少年文艺》（上海）杂志刊发中小学生习作的新芽栏目2024年将主要刊登"美丽中国,我和我的家乡"主题的作品。

《孔雀妈妈》导读:天下的孩子,多数都爱妈妈、写妈妈。写妈妈怎么爱自己、怎么帮助自己成长,写妈妈的付出或艰辛。高尔基说,爱孩子是母鸡也会做的事。可见母爱的伟大与普遍性。如果我们的文章也泛泛写这样的普遍性,无论多么好,编辑和评审老师天天收到这样的文章,亦不胜其烦。天下的妈妈大多都爱自己的孩子,这样的写作太普通了。

文学作品的成败,关键看人物塑造是否成功。人物塑造的成败,不只是写好人物的性格和容貌,关键看写作者对人性和心灵是否挖掘得深。对妈妈的挖掘就在于塑造一个"不一样"的妈妈——年轻漂亮而非含辛茹苦,爱美、爱笑、爱购物、爱旅游、爱自拍、爱发朋友圈,超级吃货,有时郁闷,偶尔不开心,大哭……若写一个打麻将、跳舞、唱曲、忘记了孩子存在的妈妈,一定摄人心魄。这样的写作,加上少年视角的叙述,会出大作品。第八届鲁迅文学奖散文杂文奖得主庞余亮写《半个父亲在疼》,第七届鲁迅文学奖短篇小说奖得主黄咏梅写《父亲的后视镜》,都符合这个特征。

"不一样"能最大限度体现人物的文学性。杨本芬写《秋园》,在结尾处,老奶奶秋园问人生尽头的丈夫:"下辈子你还愿意跟我在一起吗?"丈夫答:"不愿意。"秋园不甘心,再问第二遍:"你愿意吗?"丈夫再答:"不愿意。"没有来世再见,没有生生世世,没有白头偕老与百年好合,这种"不一样",震动人心。

第八届鲁迅文学奖中篇小说奖获奖作品《过往》,写的也是妈妈,你去读读看,作家艾伟怎么描写一个"不一样"的妈妈。

写出这样的妈妈的作品,可以投稿给江苏凤凰少年儿童出版社主办的《少年文艺》(江苏)。

写作是天马行空、辽阔而自由的,但当中也有一定的技巧。也就是说,有一把钥匙藏在某处,需要你费心找到它,从此打开你的写作之门,让你往后作文的完成和提升更为有效。一旦你掌握了,想忘都忘不了,就像学会骑自行车或者游泳一样,并且轻松有趣,像风一样自由快乐。

《外公的小园》导读:这篇文章的写作,小作者把触觉、听觉、视觉、味觉、嗅觉全面打开了。我们来看:"好痛啊,黄瓜有刺!"这是触觉。"伴随着'啪'的一声脆响,一根清凉的黄瓜被我小心地拎在了手上。"这是听觉和触觉。"我一进家门,就冲向院子里,里面种有各式各样的蔬菜,有茄子、豆角、丝瓜、西红柿、韭菜……"这是视觉。"盘碟中摆放着外公小园里的缤纷瓜果,还带着浓浓的土地气息。"这是嗅觉。"削了瓜皮,我大口地吃着。"这是味觉。

朱自清写《荷塘月色》:"微风过处,送来缕缕清香,仿佛远处高楼上渺茫的歌声似的。"只一句话,读者的所有感受被打开了。我们的文章,也该这么写。

共青团中央主管《中国青年作家报》喜欢这样的文章。

《趣游海洋公园》导读:写得好的游记,其实有一套公式——缘由,远观,近看,细节,感悟。只要发现这个奥秘,谁都能写出一篇好游记。

文章按照公式的次序,介绍了去长隆的缘由,粗略的全景,近看蓝鲸、水滑梯的细节,以及最后的收获。有视觉,有听觉,有静有动,有取有舍。充满场景感和画面感,让读者看到文字,像看着一架摄影机;让读者看完文字,假期想去。

写出我们的画面感,隐藏我们的情绪,这太重要了,也太难了,尤其在写作的起步阶段。"今天我好开心啊""博物馆真大啊""秋天好美啊",这样的感叹我建议小作者不要在文本中铺叙。写这篇文章的时候,她无论如何都做不到,在写字台旁枯坐到深夜,一遍又一遍改纸上的流水账,始终不满意,三年级的她大哭一场,懊恼地扔下笔,噘着嘴对我说:"你会,你来好了!"

《天净沙·秋思》:"枯藤老树昏鸦,小桥流水人家,古道西风瘦马,夕阳西下,断肠人在天涯。"《桃花源记》:"忽逢桃花林,夹岸数百步,中无杂树,芳草鲜美,落英缤纷。"全是画面,就像风景照片、纪录片,一帧一帧,这就是好文章。"问君能有几多愁？恰似一江春水向东流。"这就是画面的力量。

《如果我是一只鸟》导读：第一次读到这篇作文，令我感到惊艳。我起初误以为是小作者摘抄的美文片段。问到她的原创动机，她说是受到了冯骥才先生《麻雀》《珍珠鸟》的影响，才决定写鸟的题材。这篇文章的画面感尤其好，每一段都可以拍摄成非常唯美的艺术片。

这篇文章对小作者意义重大，我正是在整理她作文本的过程中，看到这篇作文，才产生了第一次投稿的念头。那一刻，我按捺住心头的激动，开始收集第一本杂志的投稿邮箱，敬畏而满怀期待地发出邮件，等待回音。不久，到了新年，在一场漫天的雪里，样刊寄到了我们的手中。封面上的卡通小女孩戴着红色的老虎帽、裹着围巾，用毛茸茸的手套捧着一个"福"字的红色剪纸，她和小伙伴面对面牵着手，快乐地在雪地里滑行。

《自由的萤火虫》导读：写作，是让我们记住的日子被呈现，像萤火虫那般，发出信号，展现本色，遇到救赎，遇到知音。

《茶仙子》导读：小作者的想象作文意境清逸，文笔优美，让读者想到宫崎骏的动画《千与千寻》。这到底是不是梦呢？小作者是不是就是"茶仙子"呢？

《游平遥古城》导读：写古今中外的历史文化名城难度很

大,一定要选准叙述的切入点。譬如:我们写一座大桥如何坚固,不必面面俱到什么都写,也不必写造桥的每一个艰辛日夜,只写一颗螺丝钉如何坚固就够了;写一座宫殿,要写出建筑者对极致审美精益求精的追求,写出工匠精神;写美食、写生活随笔,要写出浓浓的亲情和爱。

好的切入点是那种独属于自己又属于全人类的东西,独属于故乡大地又属于整个宇宙的东西。这样的东西是什么,可能一时半会儿还不容易弄清楚,那就走出家门,常年认真观察居所附近小河边的一棵树吧。

不要害怕写文章,范仲淹在创作《岳阳楼记》前,从未到过岳阳楼,而且余生也没有去过呢。

假期作文的好处是有足够的时间去走一走、看一看,细细品味历史与文化;有足够的时间细致地去描绘和感悟。“纸上得来终觉浅,绝知此事要躬行。”自1985年我国加入世界遗产公约,到2023年,已有57个项目被联合国教科文组织列入《世界遗产名录》。其中,世界文化遗产39处,世界自然遗产14处,世界文化和自然遗产4处。逐个去打卡是我们的心愿,远的布达拉宫,近的西湖,雄伟的长城,精致的牌坊街,世界遗产、非遗工艺,风景、美食……都是写作的疆域。

课本中也有游记,《记金华的双龙洞》《挑山工》《苏州园林》,它们哪一篇不是在紧张的学习和课程中悄悄拓展着孩子的精神领地,滋养着他们的心灵?

　　这样的文章,较易发表于中国外文出版发行事业局主管的《小读者》杂志。

　　《小猫存钱罐》导读:萝卜青菜各有所爱,不同的编辑有不同的用稿偏好。状物叙事的作文,河南教育厅主管的《小学生学习报》、快乐期刊系列的《快乐日记》"东西超市"栏目,都喜欢刊登这样类型的习作。

　　投稿的学问一点不比学习写作本身少,需要花时间和精力去研读和分析编辑的用稿风格。江南、塞北,各有差异;山区、海边,偏好不一。了解编辑的用稿风格差异,有助于精准投出自己的稿子,更重要的是,小作者不会轻易否定自己。如果你投长江以北的期刊没有发表,你可以试试长江以南的,一定有编辑喜欢你的文字。这将极大提升你的信心和动力。

　　找差异的同时,也要认真探寻共性。比如青岛《作文总动员》、山西《新作文》的编辑偏爱同桌题材的文章,若你手上有这类型的作文,投这两家成功概率或许更高。

　　《二月二,龙抬头》导读:时令作文的用稿量从来都是非常大的,但是能够发表这种类型作文的同学非常少。很重要的原因是大家不会投稿,吃亏在没有掌握投稿的时机。

　　杂志的选稿、审稿、校对、排版印刷,通常需二至四个月。

如果你想发表夏天游泳的文字,春天就要投稿给杂志;如果你想发表秋天的收获,夏天就要投稿给杂志;如果你想发表冬天的雪,秋天就要投稿给杂志;如果你想发表新年的期盼,国庆假期就要投稿给杂志。

而多数报纸的用稿时效会缩短许多,通常在一至二周,你只需要提前半个月投稿就好。但也有选稿超过一个月甚至两个月的,它的发行量大,投稿作者多,排期时间就会比较长,比如上海报业集团主管主办的《新民晚报》。

《幽默大师林老师》导读:一定要给作文起个好标题,让编辑和读者第一眼就能极为清晰地捕捉到作者表达的主题。精妙的标题能使编辑和读者产生好奇,萌发读下去的兴趣,否则我们写就的文字容易被淹没在邮箱的深海里。

好标题,有方法。人类对数字和故事有天然的敏感,那是刻在我们骨子里的基因,源于我们共同的祖先,他们在完成狩猎的每个夜晚,围着篝火述说故事。因此,我们常常看到那些《一夜暴富的三个方法》之类的文章总是最容易被传播。

好标题,有联想,比如《暑假是一匹快乐的马》《大红灯笼高高挂》。

好标题,能够让调性相通的刊物在乌泱泱的来稿里一眼发现你,比如这篇文章,以很快的速度发表于河南省少先队队报、共青团河南省委主办的《快乐少年报》"作文碰碰车"栏目。

《猴子弟弟》导读：这篇文章充满画面感。对话简明扼要，有力推动情节，人物形象跃然纸上。爱帮忙是孩子才有的天性，"幸亏你生了我"是孩子才有的骄傲，它们都是孩子特有的语言。敏锐观察，细腻感悟，捕捉到的是温馨甜美的生活气息和唯美的诗意，饱含着的是浓浓的爱。结尾清逸灵动，纯净活泼，言已尽而意无穷。

"有一个兄弟姐妹可真好"的情感共鸣，恰是小作者难能可贵的意在言外和不写之写。

好文字重要的不仅仅是写出了什么，更在于没有写什么，在美学上留白。鲁迅写孔乙己腿断了之后，"我见他满手是泥，原来他便用这手走来的"。"用这手走来的"，这样的字太有质感了，一下就击中了你心底。

《我》导读：文学是无声的治愈与救赎。落到生活的实处，是说小作者生来黝黑，且有一缕金发，平常碰到人，总免不了被对方追问，评头论足一番。与生俱来的不同让幼小而敏感的她曾感到一丝自卑，直到写完这篇文章，小作者意识到自己的不同正是自己独有的"可爱标志"，变得开朗而自信。

这篇文章的好在于淡泊与自在。

阿城在整篇《棋王》里只用了一个成语——第九段第一行"大名鼎鼎"。白居易《卖炭翁》："伐薪烧炭南山中。满面尘灰烟火色，两鬓苍苍十指黑。卖炭得钱何所营？身上衣裳口中食。可怜身上衣正单，心忧炭贱愿天寒。"三岁的小孩、七十岁的老奶奶，都能听懂。苏轼"十年生死两茫茫。不思量，自难忘"，李清照"花自飘零水自流。一种相思，两处闲愁"也是如此。白居易写完文章常拿去河边给洗衣浣纱的老奶奶读，如果不识字的老人家听不懂，就马上回去重写。

越平实的文字，越长久地打动人心。

《银狐》导读：为了写动物，我们养过一只猫；为了写文化遗产，去了平遥、布达拉宫、长城……这之后，再把文字写在纸上时，是感到扎实的。

《勤俭节约的奶奶》导读：伦理是艺术的内核，罗中立的名画如果不叫《父亲》，动人的共情便势弱了。伏案书写亲情，是我们的传统，几乎也是优秀作家的"共同姿势"，值得每个孩子学习。

《暖心拥抱》导读：渐渐地，我们的写作要有稿费意识，让编辑老师愿意为你文章中的每一个字心甘情愿付出稿费。小学作文说到底是一场测评，要有竞赛意识，要让评审老师情愿为你的文本打出高分。哪怕你的文章中只有一两句话能体现出你的思想、感悟和情感，都是可贵的。这时，你甚至可以忽略技巧性的、基本功上的、语句不通顺等瑕疵,譬如你在跟老师、同学、朋友相处的过程中,捕捉到暖心的时刻,让你学会了感恩,学会了珍惜,懂得了善良,懂得了怜悯……你在文本中流露出这样的真情实感,会有人说它是好文章。文学就是人学,你是好孩子,自然写出好文章。

文章中这一两句"可贵的"话,从哪里得到呢?这么设想吧:或许以后你也会变成一名老师,你会写你的学生怎么在成长,怎么在收获,你培养孩子们花了多少时间和精力。这是普通的文章,天下的老师或许都这么写。当你在文本中写出你在培养孩子们的时光中,自己获得了什么样的成长,而你的成长大于学生的时候,那"可贵的"时刻便闪现了。

这样"可贵的"时刻,是《挑山工》中的"我需要它",是《项脊轩志》中的一棵枇杷树,是父亲蹒跚着爬上月台的背影,是院子里晃动的合欢树影儿……

对于写作者,作品数量的多少其实并不那么重要。《桃花源记》《爱莲说》这样的文章,一生若能写出来几篇,生命也就说不上还有什么遗憾了。

《银桂、金鱼和梅花》导读:孩子的字,是闪亮的。每个孩子笔下,没有不好的字,这么说绝不是自傲,而是一种实情,只是多数家长没有给到足够的耐心和陪伴,还没有发现它们的好。学校的孩子多,老师有时候也看不过来。

作为家长,如果愿意抽出时间,静下心来,认真读读孩子的文字,拾掇拾掇,整理整理,会发现跟孩子的心,更近了。甚至会把孩子觉得写废了、写烂了、无法直视的文字,投给他们觉得最厉害、最难上的报刊,然后等待奇迹。

它们有可能会被发表,家长的视角跟编辑不一样,不见得真正理解自己孩子的世界。

《不被遗忘便不会消失》导读:记得这是小作者第一篇在班级里开始传阅的作文,我愿意把这篇文章视为小作者"发表"的第一篇作文。

是的,传阅就是发表。

她放学回来分享说,班里有的孩子读得哭了,有的孩子读到一半不敢读下去了。她说这话的时候,我想到《司马光砸缸》中写道:有的孩子吓得哭了,有的孩子吓得跑了……

我懂,孩子们哭了是因为孩子们读到了一点点悲伤,一点点不舍,一点点共情;孩子们害怕,是因为这可能是孩子们第一次面对生死的话题。

《寻梦环游记》是一部好电影。好电影、好文章给观众、给读者多维的自由空间,让他们各自体会人生。十岁看,是十岁的感受;二十岁看,是二十岁的感受;三四十岁看,是三四十岁的感受;老了看,是老了的感受。譬如《红楼梦》,这种作品的生命力和艺术魅力就可以穿越时空和一代又一代人。

生死、伦理是文艺的大功课，也是人生的大功课。

文学是一束光芒，照亮我们心底深处的悲伤角落，带给我们温馨的记忆和暖暖的恒久希望。

《轮滑比赛》导读：写作和运动，都会带给我们挫折和荣耀，甚至骄傲，可是当你有一天真的感到骄傲甚至有一点点傲慢时，要记得长长的跑道上，我们还有很远很远的路，长长的雪坡上，我们可以把雪球滚得很大很大呢。

《体能训练班》导读：逻辑好太重要了。毕飞宇《小说课》里讲：《水浒传》写林冲夜奔，为什么必须是风雪夜？为什么要描写这个背景和环境？为什么不是晴空万里月明星稀？原因是：有雪，林冲才不得不躲进庙里；有风，林冲才不得不挪一块石头靠住庙门。于是隔出了两个空间和世界。这样林冲躲在庙里，才听到了别人要陷害他，他气不过，才杀了人，这样才上了梁山。如果没有风雪，就不存在这段故事所有的基础条件和发展逻辑，所以文章里的每一个字都要有用，多余的字一个都不要，该有的一点都不能少，这样才能逻辑通顺、有理有据地写出彩。

《读书之乐乐陶陶》导读：写作是艺术的一个门类。艺术=喜欢+投入时间+不一定有结果。每个家长和老师都愿尽自己的努力帮助孩子们把投入时间的这部分做好。幸运的孩子碰到好的家长和对的老师，得以把投入时间的这部分做好。让孩子做到：写，我会；读，有品位。

阅读是写作的母亲，是唯一的法宝。可用于阅读的时间是宝贵的，可读物又是浩如烟海的，所以选对好的读物事半功倍。我会帮助孩子选书，主要按照年龄段，适当考虑性别，比如《小王子》《夏洛的网》《长袜子皮皮》《老人与海》《爱丽丝漫游奇境》《人类群星闪耀时》《野性的呼唤》……排序有先后。我会跟孩子一起阅读和探讨好文章，比如《木兰辞》《口技》《散步》《珍珠鸟》《合欢树》《背影》。

帮助孩子投稿和整理文本的过程中，我发现她写的文章多种多样，我是说，有的好，有的不怎么好，甚至有点令人绝望。往往是这些在我看来没写好的文字，发表在了国家级的期刊上。我毕竟不是职业编辑，我想编辑有编辑的标准和道理。我所知道的是，她的内心赤诚清澈，她的笔下有真情。

一篇文章写得怎么样，能不能发表，能发表在哪里，能得到什么奖，其实她真的不在乎。那为什么还要尝试投稿呢？答案是：在乎的其实是我，我心疼她一个个假日趴在写字台前，我希望时间积累成为果实，激励着她前行。答案是：写作培养的不仅仅是人文意识和审美，我想还有其他很重要的东西。比如：有些编辑强调，千万不要用附件投稿，有些编辑要求，一定要添加附件；有些刊物强调不得超过

800字,有些刊物要求不要少于1000字;有些比赛强调本次征文截稿于某日……对于长大后的工作与生活,这些规则同样重要。

致 谢

　　在这本小书统计印数等待印刷的过程中,有许多好朋友发来消息,表示要成为这本小书的读者,表达各自的厚爱与支持。

　　他们发来的留言,松软、温暖,直抵我潮湿的心底,荡漾在我的身心深处——我听得真,看得切。我感动于岁月给我呈现这样的时刻与面貌,不然我会忘了这个世界上的人对我有多好。

　　在此,我想向支持孩子作品的每一位好友表示感谢,也想让每一个拿到这本书的孩子知道——宝贝,这个世界,你的老师、你的亲友、你的爸爸妈妈,每一天,都是如此爱你。

　　谢谢大家成全我与女儿,让我们在最好的年华,遇见更好的自己。

　　我们一起完成了一项梦幻般的壮举与奇迹。

张晓飞

后 记

　　自由而辽阔，是写作的魅力。

　　远在烟火之上的工匠精神与精湛技艺，是平凡生活中、寻常日子里的爱和美。

　　三年级开始，我在家长的帮助下尝试给刊物投稿，得到了许多编辑老师的鼓励，有《少年文学之星》周宁宁老师、《中国青年作家报》龚蓉梅老师、《快乐日记》马琼老师、《新民晚报》金晖老师……整理这本书稿时，我即将小学毕业了。想到即将跟这些刊物和编辑老师告别，我很伤感。

　　我用攒起来的稿费在甘肃民勤捐种了一亩梭梭林，种在纸上的这些文字，从此也深情地扎根在了大地。